Agora veja então

Jamaica Kincaid

Agora veja então

TRADUÇÃO
Cecília Floresta

Copyright © 2013 by Jamaica Kincaid

Grafia atualizada segundo o Acordo Ortográfico da Língua Portuguesa de 1990, que entrou em vigor no Brasil em 2009.

Título original
See Now Then

Capa
Estúdio Daó

Imagem de capa
Colagem baseada nas imagens *Girassol*, anônimo, 1688-98; *Pelargônio*, M. de Gijselaar, 1830; *Rose gaulesa*, Pieter Withoos, 1664-93; *Tulipa*, Louis Moritz, 1783-1850, Rijksmuseum, Amsterdam

Preparação
Beatriz Antunes

Revisão
Renata Lopes Del Nero
Adriana Bairrada

Dados Internacionais de Catalogação na Publicação (CIP)
(Câmara Brasileira do Livro, SP, Brasil)

Kincaid, Jamaica
    Agora veja então / Jamaica Kincaid ; tradução Cecília Floresta. — 1ª ed. — Rio de Janeiro : Alfaguara, 2021.

    Título original: See Now Then
    ISBN 978-85-5652-131-6

    1. Ficção norte-americana I. Título.

21-78090   CDD-813

Índice para catálogo sistemático:
1. Ficção : Literatura norte-americana   813

Cibele Maria Dias – Bibliotecária – CRB-8/9427

[2021]
Todos os direitos desta edição reservados à
EDITORA SCHWARCZ S.A.
Praça Floriano, 19, sala 3001 — Cinelândia
20031-050 — Rio de Janeiro — RJ
Telefone: (21) 3993-7510
www.companhiadasletras.com.br
www.blogdacompanhia.com.br
facebook.com/editora.alfaguara
instagram.com/editora_alfaguara
twitter.com/alfaguara_br

Para Candace King Weir

1

Agora veja então, a querida sra. Sweet, que morava com o marido sr. Sweet e seus dois filhos, a bela Perséfone e o jovem Héracles, na casa de Shirley Jackson, numa cidadezinha da Nova Inglaterra. A casa, a casa de Shirley Jackson, ficava numa colina, e de uma janela a sra. Sweet podia ver as estrondosas águas do rio Paran que se despejava furioso e veloz do lago, um lago feito pelo homem também chamado Paran; e olhando para cima, ela podia ver ao seu redor as montanhas chamadas Bald, Hale e Anthony, todas partes da cordilheira Green Mountain; ela também podia ver o corpo de bombeiros onde às vezes comparecia a uma assembleia civil e ouvia seu representante dizer alguma coisa que poderia afetá-la seriamente e o bem-estar de sua família ou ver os bombeiros extirpando os caminhões e desmantelando várias partes deles e remontando essas partes para então polir todos os caminhões e conduzi-los pela cidade com um bocado de comoção antes de devolvê-los ao corpo de bombeiros e eles faziam a sra. Sweet se lembrar do jovem Héracles, que muitas vezes fazia esse tipo de coisa com seus caminhões de bombeiro de brinquedo; mas ainda agora quando a sra. Sweet olhava por uma janela na casa de Shirley Jackson, seu filho não fazia mais isso. E dessa janela mais uma vez, ela pôde ver a casa onde morava o homem que inventou a câmera rápida mas ele já estava morto agora; e ela pôde ver a casa, a Casa Amarela, que Homero havia restaurado com tanto cuidado e amor, encerando os pisos, pintando as paredes, trocando o encanamento, tudo isso no verão anterior àquele outono horrível, quando ele foi caçar e, depois de acertar com seu arco e flecha o maior veado que já havia acertado, caiu morto enquanto tentava colocar o animal na caçamba da caminhonete. E a sra. Sweet o viu deitado em seu caixão na funerária Mahar, e ela se perguntou então por que funerárias parecem sempre tão acolhedoras, tão convidativas quando vistas de fora, tão confortáveis suas cadeiras lá dentro, o belo brilho dourado das lâmpadas envolvendo suavemente cada um dos objetos na sala, o principal objeto sendo o morto, por que será que é assim, a sra. Sweet perguntou a si mesma enquanto olhava para Homero ali deitado sozinho e acomodado em seu caixão, ele todo bem vestido em roupas de caça novinhas em folha, um casaco xadrez vermelho e preto de lã fervida e uma touca de tricô vermelha, todas peças da Woolrich ou da Johnson Bros. ou de algum fabricante de roupas para o ar livre do tipo; e a sra. Sweet quis falar com ele, que se parecia tanto com ele mesmo, perguntar se Homero poderia pintar a casa dela, a casa de Shirley Jackson, ou se ele podia ir lá e fazer alguma coisa, qualquer coisa, consertar os canos, limpar as calhas do telhado, ver se havia vazamentos no porão, pois Homero se parecia tanto com ele mesmo, mas sua esposa disse a ela, Homero havia acertado o maior veado de sua vida e morreu enquanto tentava colocar o animal na caçamba da caminhonete; e a sra. Sweet foi solidária com a qualidade mundana da morte, se forçou a ver o exército de vermes e parasitas que, sem malícia premeditada, havia começado a se alimentar de Homero e logo o reduziria ao reino do espanto e da desilusão tão triste, tão triste era tudo aquilo que a sra. Sweet pôde ver então, enquanto estava na janela da casa na qual Shirley Jackson morou e do outro lado a casa na qual a velha sra. McGovern morreu e na qual havia morado por tantos anos antes de envelhecer, ela tinha morado em sua casa, construída num estilo neoclássico ou algo assim que lembrava uma outra era, muito tempo atrás, muito antes de a sra. McGovern ter nascido e então se tornar uma mulher adulta que se casou e foi morar com o marido na Casa Amarela e fez um jardim só de peônias, grandes e brancas, com linhas bordô bem escuras nas pétalas perto dos estames, como uma noite imaginada atravessando um dia imaginado, assim eram as peônias no jardim da sra. McGovern e ela plantou outras coisas mas ninguém podia se lembrar o quê, apenas suas peônias se comprometiam com a memória e quando a sra. McGovern morreu e logo desapareceu da face da terra, a sra. Sweet arrancou aquelas peônias do jardim, "Festiva Maxima" era como se chamavam, e as plantou em seu próprio jardim, um lugar que o sr. Sweet, a bela Perséfone e até o jovem Héracles odiavam. Os Pembroke, pai e filho, cortavam a grama, embora em algumas ocasiões o pai fosse para Montpelier, a capital, para votar a favor ou contra, conforme ele sentia estar de acordo com os interesses das pessoas que viviam naquele vilarejo da Nova Inglaterra, que mesmo agora está situada nas margens do rio Paran; e as outras pessoas daquele vilarejo, os Woolmington, que sempre viveram em sua casa, e os Atlas também, e os Elwell, os Elkinse, os Powers; a biblioteca estava cheia de livros mas ninguém ia até lá, apenas pais com seus filhos, pais que queriam que seus filhos lessem livros, como se ler livros *fosse* uma misteriosa forma de amor, um mistério que assim devia permanecer. A cidadezinha na Nova Inglaterra comportava isso e muito mais e tudo isso e muito mais era então e agora, tempo e espaço entremeados, se tornando uma só coisa, e tudo isso na cabeça da sra. Sweet.

Tudo isso era visível para a sra. Sweet ali à janela, na janela, mas tanto não lhe era visível então, o que se desdobrava diante dela, claro e imóvel, como se preso numa tela, enclausurado num retângulo feito de galhos mortos de *Betula nigra*, e ela não podia ver e não podia entender mesmo que pudesse ver isto: seu marido, o querido sr. Sweet, a odiava muito. E com tanta frequência desejava vê-la morta: uma vez então, numa noite em que ele voltou para casa depois de executar um concerto para piano de Shostakovich para uma plateia de pessoas que moravam nas cidadezinhas vizinhas e sentiam vontade de sair de casa de vez em quando, mas assim que saíam de casa já queriam voltar imediatamente, pois nada era próximo e nada era tão bom quanto sua própria casa e ouvir o sr. Sweet tocando piano as fazia ficar sonolentas, a cabeça às vezes caindo de repente, e elas lutavam para evitar que seu queixo pousasse no peito e isso acontecia de qualquer forma e havia cambaleios e balanços e engolidas em seco e tosses e embora as costas do sr. Sweet estivessem voltadas para sua plateia rural, ele podia perceber tudo isso e podia sentir cada tique, cada estremecer de cada um dos indivíduos. Ele amava Shostakovich e enquanto tocava a música composta por esse homem — "Juramento ao comissário do povo", "Canção das florestas", "Oito prelúdios para piano" — as graves tristezas e injustiças infligidas a ele fluíram para o sr. Sweet e ele se sentiu muito tocado pelo homem e pela música que o homem compôs e ele chorou enquanto tocava, derramando todos os seus sentimentos desesperados naquela música, imaginando que sua vida, sua preciosa vida, estava sendo desperdiçada com aquela mulher pavorosa, sua esposa, a querida sra. Sweet, que adorava preparar três pratos de comida francesa para os filhos pequenos e amava a companhia deles e amava jardins e o amava e ele era o menos digno de seu amor, pois era um homem tão pequeno, às vezes as pessoas o tomavam por um roedor, e assim ele corria para cima e para baixo. E ele não era um roedor de forma alguma, era um homem capaz de entender Wittgenstein e Einstein e qualquer outro nome terminado em stein, Gertrude inclusive, as complexidades do próprio universo, as complexidades da própria existência humana, o entendimento de como o Agora se torna Então e como o Então se torna Agora; quão bem ele sabia de todas as coisas mas não podia expressar, não podia mostrar ao mundo, ao menos quando o mundo se materializava na população de algumas cidadezinhas da Nova Inglaterra, e que pessoa notável ele era então e tinha sido e seria no tempo por vir, essas pessoas que usavam as mesmas meias por dias seguidos e não tingiam os cabelos quando perdiam a cor natural e o brilho que tinham quando eram jovens e gostavam de comer comidas imperfeitas, alimentos murchos por patógenos naturais ou insetos por exemplo, pessoas que se preocupavam com a chama-piloto do aquecedor se extinguindo e com os canos congelando porque a casa estava fria e então o encanador teria que ser chamado e esse encanador reclamaria do serviço feito pelo encanador que veio antes dele porque os encanadores sempre julgam imperfeitos os serviços uns dos outros; e sua plateia se preocupava com todo tipo de coisas sobre as quais o sr. Sweet nunca tinha ouvido falar porque ele cresceu numa cidade e morou num prédio grande com muitos apartamentos e quando surgia um problema alguém conhecido como zelador era chamado para resolver: o zelador podia trocar uma lâmpada, fazer o elevador funcionar depois de ter parado, fazer o lixo desaparecer, esfregar o chão do hall de entrada, chamar alguma firma se alguma firma de serviços gerais precisasse ser chamada, o zelador podia fazer muitas coisas e na vida do sr. Sweet, quando criança, o zelador fazia essas coisas e o sr. Sweet nunca tinha tomado conhecimento delas até ir viver com aquela mulher pavorosa com quem se casou e que agora era a mãe dos seus filhos, da sua bela filha em particular. O concerto de piano chegou ao fim e o sr. Sweet se despiu da profunda simpatia que sentiu pelo compositor da música e a plateia se meteu dentro de seus casacos com enchimento de penas de pato impregnados do cheiro de fumaça de lenha queimada no fogo aceso em lareiras e fogões, esse era um cheiro de inverno, um cheiro que o sr. Sweet odiava, o zelador teria cuidado desse cheiro, não era um cheiro da infância do sr. Sweet; um salão de jantar no Plaza Hotel, sua mãe usando perfume francês, esses eram os cheiros da infância do sr. Sweet e daquele então: o cheiro do perfume de sua mãe, o Plaza Hotel. E ele desejou uma boa noite para as pessoas que cheiravam como se vivessem em cômodos onde a lenha estava sempre queimando no fogão, e imediatamente parou de pensar nelas enquanto elas dirigiam para casa em seus Subarus e Saabs de segunda mão, e ele vestiu seu casaco, um casaco feito de pelo de camelo, um casaco muito bom, trespassado, que sua esposa bestial, a sra. Sweet, comprou de Paul Stuart, um excelente alfaiate da cidade onde o sr. Sweet nasceu e ele odiou o casaco, pois sua esposa incivilizada o tinha dado para ele e como ela poderia saber a vestimenta fina que aquele casaco era, ela, que não faz muito tempo havia desembarcado de um navio bananeiro, ou alguma outra forma incivilizada de transporte, tudo nela era incivilizado, até o barco onde chegou, e ele amou o casaco porque lhe caía bem, ele era um príncipe, um príncipe devia vestir um casaco desses, um casaco elegante; e tão feliz ele ficou por se ver livre daquela plateia que saiu deslizando diante do volante de seu próprio Saab usado, melhor que a maioria dos outros, e virou em uma rua e então à esquerda em outra rua e depois de quatrocentos metros ele pôde ver sua casa, a casa de Shirley Jackson, a estrutura que comportava sua sina, aquela prisão e o guarda lá dentro, já na cama muito provavelmente, cercada de catálogos de flores e suas sementes, ou apenas deitada lendo a *Ilíada* ou *A biblioteca da mitologia grega* de Apolodoro, sua esposa, aquela puta horrorosa que chegou num navio bananeiro, essa era a sra. Sweet. Mas e se uma surpresa o esperasse atrás da porta, mesmo para um pobre homem desafortunado como ele, pois assim o sr. Sweet pensava em si, um desafortunado por ter se casado com aquela puta nascida da besta; a surpresa seria encontrar a cabeça de sua esposa jazendo em cima do balcão, seu corpo desaparecido para sempre, mas a cabeça separada dele, evidência de que ela não mais poderia atrapalhar seu progresso no mundo, pois era a presença dela em sua vida que o impedia de ser quem ele realmente era, quem ele realmente era, quem ele realmente era, e quem pode realmente ser, pois ele era um homem pequeno em estatura e de fato sentia intensamente sua pequena estatura, em especial quando estava ao lado do jovem Héracles, cujos feitos eram conhecidos e grandiosos e o tornavam famoso antes mesmo de haver nascido.

Oh, não, não! A sra. Sweet, olhando para as montanhas chamadas Green e Anthony, e para o rio Paran — seu lago feito pelo homem interrompendo o fluxo suave — no vale, tudo o que sobrou de uma reviravolta geológica, um Então que ela via Agora e seu presente se enterraria fundo nisso, tão fundo que nunca, jamais seria reconhecido por ninguém que se assemelhasse a ela em qualquer estado ou forma: não raça, não gênero, não animal, não vegetal nem qualquer um dos outros reinos, pois nada já conhecido pode nem irá se beneficiar de seu sofrimento, e toda a sua existência foi sofrimento: amor, amor e amor em todas as suas formas e configurações, o ódio entre elas, e sim, o sr. Sweet a amava, seu ódio uma forma de amor por ela: veja como ele admirava a maneira como o longo pescoço dela emergia da coluna torta e dos ombros curvados; as pernas dela eram longas demais, o tronco muito curto; as narinas se esparramavam como uma barraca esvaziada e descansavam em bochechas gordas e largas; as orelhas despontavam no lugar onde orelhas deviam estar mas desapareciam inesperadamente e se fosse necessário encontrá-las para obter uma evidência de qualquer tipo, a memória de orelhas conhecidas teria de ser trazida à tona; os lábios eram o desenho da terra antes da criação feito por uma criança, um símbolo do caos, uma coisa que ainda não conhece sua verdadeira forma: e assim era a entidade física dela, algo como uma coisa reunida num vaso que decora a mesa posta para o almoço ou um jantar servido para pessoas que escrevem artigos para revistas, ou que escrevem livros sobre o destino da própria terra, ou que escrevem sobre a forma como vivemos agora, seja lá quem possamos ser, apenas nossos pequenos eus, nem mais nem menos. Mas não importa, sendo o ódio uma variante do amor, pois o amor é o padrão e todas as outras formas de sentimento são apenas formas que se referem ao amor, sendo o ódio seu oposto direto e assim sua forma mais provável: o sr. Sweet odiava sua esposa, a sra. Sweet, e enquanto ela olhava para esta formação natural da paisagem: montanha, vale, lago e rio, os restos da violência da evolução natural da terra: ela sabia disso. "Querido, você gostaria que eu…" era o início de muitas sentenças que expressavam o amor da querida sra. Sweet, pois ela era tão querida com ele, e o sr. Sweet reabastecia seus copos vazios de *ginger ale* e muitas fatias de laranja empilhadas em um pires para ela enquanto ela relaxava na banheira cheia de água quente tentando se fortalecer contra aquela coisa horrenda chamada inverno, uma estação de fato, mas não era uma coisa que a sra. Sweet tivesse ouvido falar em sua vida anterior ao navio bananeiro, ah o navio bananeiro, a sede de seu rebaixamento, ah! e assim o sr. Sweet lhe apresentava a fruta, a laranja, nativa do cinturão aquecido da terra enquanto ela relaxava na água quente em uma banheira na casa de Shirley Jackson. Aaaahhhh, um suspiro doce, e esse seria um som escapando pelos lábios grossos e caóticos da sra. Sweet, embora o som por si só nunca escape, pois não tem outro lugar para ir a não ser para dentro do tênue nada que reside além da existência humana, para dentro de algo que a sra. Sweet não pode agora ou então ver. Mas o sr. Sweet a amava e ela o amava, o amor dela por ele era evidente agora ou então, era implícito, tomado por certo, como as montanhas Green e Anthony, como o lago feito pelo homem chamado Paran e como o rio assim chamado.

Qual é a essência do Amor? Mas essa era uma questão para o sr. Sweet, pois ele cresceu em uma atmosfera de questões sobre a vida e a morte: a morte de milhões de pessoas em um curto período de tempo que viviam a continentes de distância umas das outras; por outro lado pairando sobre a sra. Sweet, embora ela tenha sido criada para entender isso como um estilo de saia, ou o estilo de um modelo de blusa, um colarinho, uma manga, estava uma monstruosidade, uma distorção das relações humanas: o Comércio de Escravos do Atlântico. O que é o Atlântico? O que é o comércio de escravos? Assim perguntava o sr. Sweet, e olhava a sra. Sweet, pois ela estava na janela que dava para as montanhas chamadas Green e Anthony e para o rio chamado Paran e ele voltava de um auditório construído para comportar trezentas pessoas e apenas dez ou vinte haviam ocupado esses lugares quando ele estava sentado ao piano tocando a música composta por um homem que foi um cidadão da Rússia que compôs essa música que tanto cativou o íntimo, seja lá o que isso possa ser, do sr. Sweet angustiado, conhecendo e ainda assim não conhecendo a própria morte em todo o seu não conhecimento. Qual é a essência do Amor?

Mas a sra. Sweet estava olhando para sua vida: da casa de Shirley Jackson, do outro lado estão as montanhas Green e Anthony e entre elas os rios: Paran e Battenkill e Branch, corpos d'água cheios de trutas famintas por uma eclosão de invertebrados no meio da tarde, e todos esses rios fluem para o rio Hudson, um corpo d'água, um dos muitos afluentes daquele corpo d'água maior, o oceano Atlântico, todos eles fluindo para lá a não ser o Mettowee que flui para o lago Champlain; e a sra. Sweet estava pensando em seu agora, sabendo que muito provavelmente se tornaria um Então mesmo quando fosse um Agora, pois o presente seria agora então e o passado é agora então e o futuro seria um agora então, e que o passado e o presente e o futuro não têm um tempo presente permanente, não há certeza em relação ao agora mesmo, e ela reuniu os filhos, o jovem Héracles que sempre seria assim, não importa o que lhe acontecesse, e a bela Perséfone, que sempre seria assim, bela e perfeita e justa.

Mas a cabeça dela não jazia no balcão amarelo da cozinha, separada do corpo, com o restante dela espalhado no tempo: seu tronco preservado na lama perto do Delaware Water Gap, suas pernas em uma afloração de granito no maciço de Ahaggar, suas mãos nas areias movediças das Dunas Imperiais, e uma visão primorosa são todas essas apresentações encontradas naquela coisa chamada Natureza mas que o sr. Sweet não podia ver nunca, pois o assustava deixar seu ambiente familiar, a casa de Shirley Jackson e toda a sua mobília boa: o sofá e as poltronas revestidos por um tecido que a sra. Sweet comprou numa loja de fábrica da Waverley em Adams, Massachusetts, e o próprio estofado, feito por um homem que vivia em White Creek, Nova York. O sr. Sweet fez para si mesmo um espaço como um ninho no quarto em cima da garagem, um estúdio no qual escrevia muitas coisas, e o lugar parecia uma réplica da área de recepção de uma funerária, assim pensava a sra. Sweet e esse pensamento quase a matou; mas ele amava aquele cômodo, pois era escuro e cheio de todos os tipos de coisas das quais ele gostava, suas memórias de Paris, França, ovos temperados, suas várias coleções de livros da série Claudine, a foto da garotinha que ele pediu que se despisse quando os dois tinham seis anos de idade, a foto da aluna pela qual se apaixonou quando ela tinha dezessete e ele tinha vinte e sete, as marionetes que ele fez quando criança, os deliciosos pudins que comia quando criança, canhotos velhos de entradas para o balé da cidade, canhotos velhos de bilhetes do teatro, todas as pequenas lembranças de uma época tão preciosa para ele: sua infância; mas ela era uma besta, uma puta e uma besta e não deveria ser autorizada a sequer chegar perto daquele cômodo e ele o mantinha trancado e ela nunca era admitida lá e ele guardava a chave consigo o tempo todo, a não ser quando ia para a cama com ela, quando a guardava em um lugar secreto, um lugar tão secreto que nunca pensava nele, com receio de que ela pudesse ler seus pensamentos. Quem sabia do que ela era capaz? Pessoas que chegam em navios bananeiros não são pessoas que você pode conhecer de verdade e ela chegou em um navio bananeiro. De qualquer forma, a cabeça dela não jazia no balcão da cozinha e o balcão da cozinha era revestido de fórmica amarela, uma ideia muito revoltante para o sr. Sweet, pois um balcão de cozinha devia ser branco ou de mármore ou de madeira lisa mas a sra. Sweet se esforçou ao máximo para encontrar uma tal abominação, a fórmica amarela, para revestir o balcão e então ela pintou a parede da cozinha com aquelas cores caribenhas: manga, abacaxi, e não pêssego e nectarina: "Minha casa se parece com a casa de alguém que minha querida mãe, que me aconselhou a não casar com essa puta horrorosa, minha querida mãe que logo viu que não éramos compatíveis, minha querida, querida mãe, que me aconselhou a não assumir compromisso com essa mulher sem educação mas eu amava as pernas dela, eram tão longas que ela podia dar duas voltas em torno de mim sem tocar o chão, aquelas pernas que agora estão enterradas numa afloração de pedras em um lugar que nunca visitei; e eu amava o jeito como ela podia exagerar, então se ela via tulipas em um vaso, ela dizia que viu dez mil narcisos numa só olhada, balançando suas cabeças em dança alegre; às vezes ela punha um arco-íris no céu só porque fazia um dia bonito mas ela achava que devia ser ainda mais bonito e um arco-íris seria perfeito, era tão maravilhoso e diferente, ela ia a todos os lugares e então voltava e me contava sobre todos os lugares e eu sabia que ela embelezava, não mentia de fato, só que nada era do jeito como ela contava: as florestas de Connecticut não eram nada bonitas, eram cheias de pernilongos que deixavam pápulas enormes onde nos mordiam; e eu não queria morar nesse vilarejo esquecido por deus, onde pelo menos três mulheres haviam deixado o marido por outra mulher e eu tenho certeza de que em algum momento ela vai ser uma delas, embora eu não a deseje para ninguém; eu não queria morar num vilarejo onde um homem abandona a esposa para se tornar uma mulher para se casar com outra mulher, alguém totalmente diferente de sua esposa; eu não queria morar num lugar onde todo mundo é tão gordo e todo mundo é parente de todo mundo e as mulheres não são nada bonitas e eu sou tão grato pelas minhas adoráveis e jovens alunas, por quem eu me apaixono, não tenho vergonha de dizer, mas eu jamais diria isso em voz alta, eu nunca falo muito alto, e outra coisa que eu odeio nela é que ela é muito barulhenta, barulhenta, barulhenta! Não quero voltar para casa e encontrar Aretha Franklin todos os dias, não quero morar num lugar onde o dia termina às cinco da tarde em janeiro e às oito da noite em julho e lecionar em uma escola onde a professora de canto não sabe cantar e onde todos os outros professores são estúpidos; eu odeio esse lugar, esse vilarejo, eu nunca quis morar aqui, eu sempre morei numa cidade, um lugar onde as pessoas são civilizadas e onde é indecente ter um filho com a sua irmã ou seu irmão, um lugar onde as pessoas vão ao teatro, vão ao cinema assistir filmes de François Truffaut, *Os incompreendidos* fazem as pessoas rirem consigo mesmas, distraídas do fato de que não se pode conseguir um táxi na parte alta da Quinta Avenida quando se quer um; ela me arrastou até aqui aquela puta estúpida que chegou num navio bananeiro e minha mãe me aconselhou a não casar com ela, não tínhamos nada em comum então e não temos nada em comum agora. Ela me arrastou até aqui, disse que seria melhor para as crianças: o ar é fresco, o ar é fresco mas eu odeio ar fresco e todas essas árvores, todas essas árvores perdendo suas folhas e ganhando folhas novas bem quando eu pensava que estavam mortas, pois eu amo árvores mortas, eu amo prédios altos feitos para parecer que são feitos de granito ou de algo indestrutível, algo eterno, algo que sempre vai estar ali, uma cidade nunca dorme, tem sempre alguém fazendo alguma coisa e que não consegue dormir e lá estarão essas pessoas mantendo viva para mim a ideia de que estar vivo é estar sempre em contato com alguma coisa que não cessa de ser ela mesma, que nunca faz uma pausa, que enquanto eu durmo a empresa da vida persiste; mas ela não, ela ama o ciclo da vida, ou assim diz, embora essa seja uma maneira feia de apresentar uma bela ideia: o ciclo da vida mas ela é uma pessoa feia, uma puta e uma pessoa feia, a existência dela me enoja, o nome dela não é Lulu, o nome dela é sra. Sweet e ela não é doce; e as crianças iam amar o ar fresco e aquelas crianças, eu não fazia ideia delas, eu podia querê-las ou não, um dia ela disse que as crianças iam gostar do ar fresco: as crianças iam gostar do ar fresco. Eu odeio ar fresco, a ideia por trás disso, o ar fresco não tem Duke Ellington e eu adoro Duke Ellington e muitas vezes quando criança, sentado sozinho no meu quarto, eu me imaginei sendo o Duke Ellington, dominador e dominando minha orquestra cheia de músicos brilhantes tocando os vários metais e percussões e então compondo grandes peças musicais que nunca seriam recebidas com respeito nem reconhecidas como as obras geniais que são, então e agora, e assim Alban Berg e Arnold Schoenberg e Anton Webern e isso me enche de desespero, pois eu me vejo como Duke Ellington e me vejo como Alban, Anton, Arnold. E na casa de Shirley Jackson, aninhada na virilha da prisão de um vilarejo da Nova Inglaterra, eu agora vivo com aquela passageira, uma questionável passageira, de um navio bananeiro, afinal ela é uma passageira ou uma banana? Se era uma banana, foi inspecionada? Se era passageira, como conseguiu chegar aqui? Minha mãe estava certa: alguém que chega em um navio bananeiro é suspeito; comer bananas em janeiro é estranho e um luxo. Como seja, no inverno, quando menino eu comia cereal com bananas cortadas no café da manhã sentado no pé da cama dos meus pais, as bananas não tinham nenhum gosto memorável, eram bananas, uma constante e uma inevitabilidade como o elevador vindo quando eu apertava o botão que o chamava ou como a empregada sendo condescendente com a minha mãe; como seja, a vida é uma série de inevitabilidades; como seja, um dia minha mãe morreu e antes disso meu pai morreu e eu fiquei sozinho".

Agora e Então, a sra. Sweet disse consigo, embora apenas em sua imaginação, enquanto estava ali na janela, alheia à ira, ao ódio e total desdém que seu amado sr. Sweet nutria por ela em seu peito estreito, agora e então, vendo tudo isso como tudo se apresentava, numa série de quadros. As montanhas Green e Anthony, o lago, o rio, o vale que se estende e se espalha diante dela, todos serenos em sua aparente permanência, todos criados por forças que responderam a uma existência desconhecida, eram um refúgio daquela paisagem atormentada que compunha a vida íntima de cinquenta e dois anos da sra. Sweet. Nenhuma manhã chegava com todo o seu frescor, sua novidade, sem conter os vestígios de todos os bilhões de manhãs que vieram antes, sem que a sra. Sweet pensasse, logo ao despertar, nas águas turbulentas do mar do Caribe e no oceano Atlântico. Ela pensava nessa paisagem antes de abrir os olhos e os pensamentos ao redor dessa paisagem a faziam abrir os olhos. Os olhos dela, escuros, impenetráveis como diria o sr. Sweet, olhando para eles, primeiro ele disse a palavra impenetrável com deleite, pois pensou na descoberta de algo ainda desconhecido para ele, alguma coisa que repousava nos olhos da sra. Sweet e que faria dele um homem livre, livre, livre de tudo aquilo que o prendia, e então ele amaldiçoou os olhos escuros dela, pois não lhe ofereceram nada; como seja, seus próprios olhos eram azuis e a sra. Sweet era indiferente a essa sua característica em particular. Mas os olhos da sra. Sweet não eram nada impenetráveis para qualquer outra pessoa e qualquer um que ela encontrava desejava que assim fossem; pois por trás dos olhos dela se viam cenas de turbulência, revoltas, assassinatos, traições, a pé, em terra firme e nos mares pelos quais hordas e hordas de pessoas foram transportadas para lugares na face da terra dos quais nunca tinham ouvido falar ou sequer imaginaram, e assassinos e assassinados, traidores e traídos, a fonte da turbulência, o instigador das revoltas, estavam todos misturados, e também a distinção da verdade, a verdade verdadeira e a interpretação dos juízos, ou a assunção dos erros, e aceitar isso, aceitar isso e ficar quieta sendo injustiçada reduz você a nada de forma que no fim você acaba não sendo mais do que a substância que constitui as Dunas Imperiais no vale Imperial na Califórnia, ou as praias rosadas que cercam a crescente plataforma continental que agora é, ainda agora, a ilha de Barbuda, ou o gramado de uma casa em Montclair, Nova Jersey. Mas aqueles olhos dela não eram um véu para sua alma, alguém tão substancial, tão viva, tão cheia dessa coisa chamada vida não precisava de um véu pois ela era sua alma e sua alma era ela mesma; e sua infância e sua juventude e a meia-idade, tudo nela era intacto e completo; tudo nela, tudo nela não era isento das Dunas Imperiais ou das praias ou das massas de terra emergentes ou de gramados em Nova Jersey, não, não, mas de qualquer forma quando a cada manhã abria os olhos que pareciam não saber das manhãs que vieram antes, seu agora e seu então eram visíveis na luz humana e ela via a si mesma com ternura, simpatia e até amor, sim, amor, e virando o corpo, ela via a seu lado o sr. Sweet: o cabelo dele desaparecendo, cada fio para sempre perdido dia a dia, uma fina camada de caspa cobrindo o couro cabeludo e se prendendo nas finas e lisas mechas de cabelo que restaram, o hálito perfumado por um jantar devidamente digerido que ele degustou na noite anterior, mas ela não via os desapontamentos dele: a Orquestra Sinfônica de Albany, os *Quatro quartetos, O professor de música*. Os olhos da sra. Sweet podiam ver muito bem a sra. Sweet no quartinho ao lado da cozinha naquele lugar onde ela ganhou vida em todos os tempos, então, agora, então mais uma vez e ela estava no quartinho ao lado da cozinha e se sentou na escrivaninha que Donald fez para ela e colocou as mãos sobre um bloco de papel.

E o mero vislumbre dela nessa posição, sentada humildemente como se estivesse numa escola moraviana em Points e diante dela houvesse uma edição da *Nelson's West Indian Reader*, uma daquelas cartilhas para leitores das Índias Ocidentais, a escrivaninha que Donald fez para ela, suas mãos sobre o bloco de papel, fez o sr. Sweet soltar um suspiro desesperado, pois em verdade todo mundo, qualquer um, no mundo inteiro sabia que ele era o real herdeiro da posição de se sentar na escrivaninha e contemplar a pilha branca de folhas de papel, e num estado de ira ele foi até o seu estúdio, situado em cima da garagem da casa de Shirley Jackson, e se sentou ao piano que não foi feito por Donald, que tinha a carpintaria como um hobby e assim foi nesse espírito, o espírito do amor e livre de valores mundanos, que ele fez aquela escrivaninha para a sra. Sweet; o piano do sr. Sweet foi feito pela Steinway. E o sr. Sweet tocou um acorde mas ninguém pôde ouvir, ninguém na garagem, não havia ninguém na garagem, ninguém pôde ouvi-lo mas ele podia ouvir o som da máquina de lavar lavando as roupas de sua família infernal e nessa entidade ele não se incluía: as roupas das crianças, as roupas de jardinagem de sua esposa, as roupas íntimas de sua esposa, a roupa de mesa pois a sra. Sweet não permitia que usassem guardanapos de papel, os lençóis e as fronhas, os tapetes do banheiro, os panos de prato, as toalhas de banho, todo tipo de coisa que tinha de ser lavada e ele nunca pensou em coisas sendo lavadas, a não ser quando era um estudante em Paris, França, e em Cambridge, Massachusetts, e suas coisas eram lavadas mas suas coisas sendo lavadas não interferiam na execução de um acorde. E agora, tão diferente de então; e então houve sofrimento e agora o sofrimento o conduziria à morte; quão feliz, ele pensou, é estar sozinho, longe daquela mulher que era capaz e entraria num quarto só dela para se sentar diante de uma escrivaninha que Donald fez para ela, e ali ela pensaria na sua infância, a tristeza que resultou dessa ferida que no fim se tornou seu próprio alívio, pois da própria ferida ela fez um mundo e esse mundo que ela fez de seu próprio horror era muito interessante e até atrativo. Estar longe dela, dessa mulher, agora minha esposa, mas então quando eu a conheci, apenas uma garota muito magra, como um galho perdido de uma árvore perdida à espera de uma tesoura de poda ou uma erva daninha, nada em que pensar duas vezes ao ser tirado do caminho por interferir em alguma coisa de verdadeira beleza e valor; oh sim, quão feliz era estar longe daquela mulher, ele pensava e falava para si mesmo sobre a sra.

Sweet, que era capaz de encontrar na morte de Homero uma fonte infinita de maravilha, um homem que reformou uma casa na qual eles moraram, vê-lo ali morto jazendo em seu caixão, vestindo suas roupas de caça que tinham acabado de ser compradas na loja e com jeito de que a qualquer momento se sentaria e diria algo nada agradável para o sr. Sweet mas a sra. Sweet diria que isso era tão interessante e incrível: que incrível, era algo que ela gostava de dizer, e dizia isso sobre a coisa mais simples: um arco-íris, por exemplo; três arco-íris, um depois do outro, ao mesmo tempo, como que desenhados por uma criança que seria alvo de suspeitas em qualquer cultura em qualquer parte do mundo em qualquer momento da existência humana; como se fosse a primeira vez que algo do tipo surgia; tão Incrível, ela diz, ela diria, e assim disse consigo o sr. Sweet, em seu estúdio em cima da garagem, e na garagem, para acomodá-lo, para impedi-lo de ouvir qualquer som que não fosse feito por ele, carros não eram permitidos. De qualquer forma, ele podia ouvir o som insistente da máquina de lavar e da secadora e a agitação cotidiana lá fora: o sr. Pembroke está cortando a grama, o homem da Green Oil está enchendo o tanque de óleo do aquecimento, a Blue Flame Gas chegou para encher aqueles tanques de gás, o homem da Central Vermont Public Service está lendo o medidor, a caldeira acabou de quebrar embora tenha apenas cinco anos, Héracles está com amidalite, Perséfone odeia a mãe, a sra. Sweet, a sra. Sweet agora se parece muito com Charles Laughton no papel do capitão Bligh no filme *O grande motim*, uma aluna do sr. Sweet gostaria de conversar sobre o que ele acha de *Pierrot Lunaire* com um copo de Pimm's Cup no jardim da sra. Sweet, pois aquela garota ama jardins e talvez o sr. Sweet ame aquela garota. Mas aquele som insistente, disse o sr. Sweet consigo, e olhando para fora, justo então, por uma janela no belo estúdio que a sra. Sweet insistiu que devia ser montado para ele, de forma que pudesse ficar isolado das crianças que poderiam estar em um cômodo ao lado e, uma vez lá, querer construir uma criatura com algum material comprado na Kmart que se assemelharia à constituição de algum ser imaginado e ainda assim tão parecido com algo familiar, e as crianças, Perséfone e Héracles, belas e jovens, eram tão barulhentas, tão barulhentas, e só se tornariam ainda mais barulhentas e o sr. Sweet só podia desejá-las mais barulhentas, pois qualquer outra coisa além de barulhentas era insuportável e poderia até matá-lo. Sim, o sr. Sweet era muito triste, pois ele desposou e tornou mãe de seus filhos uma mulher que adorava viver num vilarejo na Nova Inglaterra, um lugar onde um homem, que caçou veados em todos os outonos de sua vida, morreu no meio do processo de colocar um deles na caçamba de sua caminhonete, e tudo isso fez dessa mulher que ele passou a achar pavorosa algo como que saído de um conto lido sem pensar para as crianças logo antes de elas irem para a cama, crianças cujos medos têm uma fonte não propriamente conhecida por elas: os irmãos Grimm! Oh Deus! *O coelhinho fugitivo*! *Harold e o giz de cera roxo*! *Boa noite, lua*! *A história dos dois ratinhos maus*! *O alfaiate de Gloucester*! *A história de Pedro Coelho*! *Onde vivem os monstros*! Sim, o sr. Sweet era muito triste, pois ele desposou e tornou mãe de seus filhos uma mulher que conhecia todo tipo de coisas mas não o conhecia, ele, que seria o sr. Sweet, mas quem poderia conhecer uma pessoa como esse homem, que se portava não como um homem, mas como um roedor daquela era, a Mesozoica, quando os primeiros mamíferos tomaram essa forma.

E então ali naquele cômodo que ficava bem em cima da garagem e apesar dos sons infernais que vinham das grandes caixas brancas de metal que serviam para deixar as roupas limpas, o sr. Sweet compôs seus noturnos, pois ele só tinha amor pelos noturnos, e esse ele chamou de "Este casamento está morto" e colocou todo tipo de raiva nele e essa raiva era verdadeira e justificada, pois olhe, veja, logo além daquela janela, lá fora, o jovem Héracles, apenas um garotinho então, arranjava sua coleção de mirmidões, surpresas de Lanches Felizes comprados no McDonald's, e ele não tinha nenhum interesse no lanche em si, só queria colecionar os guerreirinhos de plástico que eram feitos para se parecer com os seguidores de um herói da Guerra de Troia; e agora ele os está posicionando e reposicionando e fazendo uma tempestade imaginária cair sobre eles, espalhando-os por todo o gramado verde que transformou num mar imaginário, e enquanto os temerosos mirmidões se afogavam, parando para descansar, as pernas para o ar, sustentados pelas folhas de grama que logo teriam de ser aparadas pelo sr. Pembroke, o sr. Sweet inseriu essas cenas de batalha e afogamento na música que compunha o noturno "Este casamento está morto", embora algumas vezes ele tenha mudado o título para "Este casamento está morto há muito tempo agora". Oh, tanta lamentação e ranger de dentes, tanto bater no peito, tantas lágrimas derramadas que poderiam ter formado um rio caudaloso e você poderia ter construído um barco e navegado até o oceano nele, olhando para trás para ver os cursos desse rio, você poderia ter batizado esse rio, e então pensar na sra. Sweet que um dia, um dia, quando ouvisse pela primeira vez as palavras Este Casamento Está Morto, Este Casamento Está Morto Há Muito Tempo Agora, embora não quando ela as ouviu pela primeira vez como um noturno apresentado em um auditório, numa noite de inverno, cercada de amigos e pessoas amadas e segurando a mão do jovem Héracles, pois ela gostava de que ele ouvisse a música de seu pai, pois ela queria que ele pensasse que seu pai o amava, pois ela queria que ele pensasse que seu pai a amava, pois ela queria muito de muita coisa; quando ela ouvisse o noturno pela primeira vez, ela poderia ver Dan acelerando o motor do velho Volvo, que estava parado no sinal vermelho na frente da cooperativa na praça, ao lado de um Porsche, e o motorista do Porsche se sentiu ofendido com o barulho do Volvo e quando o sinal vermelho ficou verde, ele acelerou e Dan e Héracles ficaram onde estavam e riram dele e eles não sabiam quem o motorista era e nem se perguntaram se o motorista conhecia os dois, eles só riram e riram.

Mas fora tudo isso, por tudo o que teria seu então e tem seu próprio agora, o sr. Sweet sentado em um banquinho no estúdio em cima da garagem, os dum-dum, uuuu-uuuu, zum-zum feitos pelas máquinas de lavar roupa, e ele ali sentado, hesitante sobre as teclas pretas e brancas daquele instrumento musical feito pela companhia chamada Steinway, suas mãos pousadas nas teclas, os dedos esticados, seus dedos lembrando ancestrais muito distantes que viveram naquela época muito distante, e ele compôs mais noturnos, mais noturnos, e mais ainda: sua vida não era o que ele queria que fosse, não era o que havia imaginado ainda que ele não tenha imaginado a vida como algo em particular a não ser que ele seria principesco e dotado de direitos sobre porteiros e pobres mas principesco e dotado de direitos sobre porteiros e triste porque amava balé e Wittgenstein e ópera e era dotado de direitos sobre porteiros, não importa o que aconteça, deve haver porteiros. Mas agora, olhando pela janela lá fora estava o jovem Héracles dizendo, Pai, Pai, e o jovem Héracles estava jogando golfe agora, imaginando a si mesmo como um campeão e usando um casaco bobo que tinha um tom de verde específico, ou um campeão de uma ou outra coisa e o sr. Sweet detestava tudo de que o menino gostava e nunca, jamais o levaria para o Hall da Fama do Basquete em Springfield, Massachusetts, mas o teria levado para a casa de Dmitri Shostakovich se ficasse em Springfield, Massachusetts, e ele queria ver aquele menino, o jovem Héracles, morto e ele queria outro menino, que pudesse se sentar quieto no cinema assistindo a um desenho e que não precisasse de Adderall ou de qualquer outra medicação que faz as pessoas ficarem quietas, para tomar o lugar dele, e aquele alguém dizendo Pai! Pai! poderia ser um menino vivo ainda que na quietude; mas então, anos depois, agora, agora, agora, quando pediam ao jovem Héracles que olhasse para trás, para os destroços que foram feitos de sua jovem vida por aquelas palavras que se tornaram o título de uma música, um livro, uma receita de pão de ló, instruções para remover manchas de comida do vestido ou da camisa enquanto alimentava o bebê, virando à esquerda quando sua esposa estava certa de que devia ter virado à direita: "Este casamento está morto" às vezes conhecida como "O casamento está morto" e às vezes, quando reduzida a uma canção folk, é chamada de "O marido a abandonou", quando perguntavam a respeito desta forma: "E agora, jovem Héracles, sua vida foi um desastre, mas agora deve parecer um acidente, um monte de coisas espalhadas por aí, quando olhamos pelo retrovisor"; e o jovem Héracles, sem pausa, respondia: "Sim, mas objetos no espelho estão mais próximos do que parecem".

E assim também, sem pausa, então e agora, o casamento morto se transformou numa entidade barulhenta e bestial que podia ser vista dançando no gramado bem à vista do sr. Sweet sentado no quarto em cima da garagem, escrevendo e reescrevendo o próprio noturno, os braços da coisa alcançando a cordilheira Taconic no oeste, suas pernas se misturando livremente com a floresta boreal no leste, pairando acima dos diversos cursos d'água chamados Hudson, Battenkill, Walloomsac, Hoosic, Mettowee que se encontram no meio. O casamento morto ocupava cada espaço vazio que fosse inocentemente revelado naquele vilarejo no qual os Sweet viviam, mesmo no correio, onde a atendente olhou com pena e desdém para a sra. Sweet antes de lhe entregar o comunicado de uma conta vencida; a coisa também vivia na venda, pois quando a sra. Sweet entrou no estabelecimento toda a conversação parou e todas as pessoas olharam para ela com pena e desdém e talvez tenham sentido muito por nenhuma delas ter uma conta vencida para lhe entregar, e talvez tenham ficado felizes por nenhuma delas ter uma conta vencida para lhe entregar e a sra. Sweet comprou um pouco de queijo e iogurte feitos pela sra. Burley.

Aquele noturno "Este casamento está morto" ou "Este casamento está morto há muito tempo agora", ou a canção folk popular "O marido a abandonou", trouxe tanta alegria ao sr. Sweet e ele se sentiu, pela primeira vez na vida, realizado; sua vida inteira tinha sido vivida, todo o sofrimento pela vida inteira havia cessado justo então, pois ele havia sofrido muito: a vida de um príncipe, quando era criança e morava em um apartamento em frente àquela plantação esverdeada especialmente arranjada em Nova York, o Central Park, comoveu todo o seu ser e ele enfiou a mão no bolso de seu paletó de lã, que levava a etiqueta da J. Press, uma camisaria na esquina da Madison Avenue com a rua 46 Leste, e encontrou um pedaço de papel, uma nota, que leu com a surpresa do novo e leu com a familiaridade com a qual falamos a nós mesmos em qualquer encarnação em que nos encontremos: criança, adolescente, aos vinte, aos trinta, na meia-idade, na velhice, num asilo horas antes de o coração parar, sim! Diga agora, Diga então, não havia nada escrito na nota e na nota estava escrito: É assim que se vive a vida, e estava assinada, Seu Pai.

Com as mãos agora segurando um lápis, a sra. Sweet começa a escrever nas páginas diante dela:

"É verdade que minha mãe me amava muito, tanto que eu pensei que o amor fosse a única emoção e mesmo a única coisa existente; só conheci o amor então e eu era uma criancinha de até uns sete anos e não podia saber que o amor, embora verdadeiro e um padrão estável, é mais variado e instável que qualquer elemento ou substância que se erga do núcleo da terra; minha mãe me amava e eu não sabia que devia amá-la também; nunca me ocorreu que ela ficaria brava comigo se eu não retribuísse o amor que ela me dava; eu aceitei o amor que ela me deu sem pensar nela e assumi como um direito meu viver da forma como eu queria; e então minha mãe ficou brava comigo porque eu não retribuí seu amor e então ela ficou ainda mais brava por eu não amá-la de forma alguma porque eu não me tornaria ela, eu tinha uma ideia de que devia me tornar eu mesma; ela se enfureceu por eu precisar ter um eu, um ser separado que jamais poderia ser conhecido por ela; ela me ensinou a ler e ficou muito feliz com a naturalidade com que me entreguei à leitura, pois ela via a leitura como um clima e achava que nem todo mundo poderia se adaptar; ela não sabia que antes de me ensinar a ler eu sabia escrever, não sabia que ela mesma estava escrevendo e que uma vez que eu aprendesse a ler então eu escreveria sobre ela; ela queria me ver morta mas não pela eternidade, ela queria me ver morta no fim do dia e de manhã ela me traria à luz de novo; em uma salinha da biblioteca pública de St. John's, Antígua, ela me mostrou livros sobre a criação da terra, o funcionamento do sistema digestivo humano, as causas de algumas doenças conhecidas, a vida de alguns compositores de música clássica europeus, o que era pasteurização; não me lembro de ter aprendido o alfabeto, as letras A B e C uma depois da outra em sequência com todas as outras terminando na letra Z, agora só compreendo que essas letras formavam palavras e que as próprias palavras saltavam de encontro aos meus olhos e que meus olhos então alimentavam meus lábios com elas e assim entre a escuridão dos meus olhos impenetráveis e meus lábios que são a forma do caos antes de a tirania da ordem se impor sobre eles é onde eu me encontro, meu verdadeiro eu e é daí que eu escrevo; mas eu sabia escrever antes de poder ler, pois tudo sobre o que eu escreveria já existiu antes de eu aprender a ler e transformar tudo isso em palavras e colocar no papel, e tudo no mundo já existia antes de eu sequer saber falar de tudo isso, já existia antes de eu sequer saber como compreender tudo isso, e olhando ainda mais de perto, eu não sei escrever realmente pois há tanto antes de mim que eu não sei ler ainda; não sei escrever por que eu não amei minha mãe então quando ela me amava tão plenamente; o que eu sentia por ela não tem nenhum nome que me ocorra agora; eu pensava que o amor dela por mim e seu próprio eu eram uma coisa só e que essa coisa era minha, totalmente minha, tanto quanto eu fazia parte do que era meu e eu e o que era meu eram inseparáveis e assim amar minha mãe não era algo conhecido para mim e assim a raiva que ela dirigia a mim era incompreensível para nós duas; minha mãe me ensinou a ler, ela e eu primeiro podíamos ler juntas e então ela e eu podíamos ler separadas mas sem entrar em conflito, mas então, vendo agora, apenas eu iria escrever; depois que ela me ensinou a ler, eu causei este tipo de perturbação no cotidiano da minha mãe: eu pedi mais livros a ela e ela não tinha nenhum para me dar então me mandou para uma escola onde eu só teria permissão para entrar e ser admitida se tivesse cinco anos; eu já era mais alta do que o esperado para alguém da minha idade, três anos e meio, e minha mãe me disse, agora lembre que quando perguntarem sua idade você tem cinco anos, várias vezes, ela me fez repetir que eu tinha cinco anos e quando a professora perguntou minha idade eu disse que tinha cinco anos e ela acreditou em mim; talvez tenha sido então que eu me familiarizei com a ideia de que saber ler poderia alterar minhas circunstâncias, quando então vim a saber que a verdade podia ser instável enquanto a mentira é complicada e nebulosa, pois não foi uma mentira dizer que eu tinha cinco quando tinha três anos e meio, pois três anos e meio então era o agora, e meu eu de cinco anos logo estaria então presente no meu agora; o nome dessa professora era sra. Tanner e ela era uma mulher muito grande, tão grande que não podia se virar rápido e nós nos revezávamos para beliscar o traseiro dela, e quando ela se virava para ver qual de nós tinha feito isso nós assumíamos uma pose de inocência e ela nunca sabia qual de nós tinha sido tão rude e travesso; e foi na presença da sra. Tanner que eu me pus a desenvolver totalmente meus dois eus, então e agora, unidos apenas pela visão, e isso aconteceu desta forma: a sra. Tanner estava nos ensinando a ler com um livro cheio de palavras e imagens simples, mas como eu já sabia ler pude ver coisas dentro do livro que eu não deveria ver; a história do livro era sobre um homem que era fazendeiro e seu nome era sr. Joe e ele tinha um cachorro chamado sr. Dan e uma gata chamada srta. Tibbs e uma vaca que não tinha nome, a vaca era chamada apenas de vaca, e ele tinha uma galinha e o nome dela era Mãe Galinha e ela tinha doze pintinhos, dos quais onze eram comuns, pintinhos amarelos, mas o décimo segundo era maior que os outros e tinha penas pretas e ele tinha um nome, se chamava Percy; Percy causava grandes preocupações à mãe, pois ele sempre provocava a ira da srta. Tibbs e do sr. Dan quando tentava comer da comida deles; mas a maior preocupação foi quando ela o viu tentando voar para se empoleirar na ripa mais alta da cerca da fazenda; ele tentou e tentou e falhou e então um dia conseguiu mas só por um momento e então caiu e quebrou uma de suas asas e uma de suas pernas; foi o sr. Joe que disse, "Percy o pintinho levou uma queda". Gostei dessa frase então e gosto dessa frase agora mas então eu não tinha como tirar qualquer sentido dela, só podia conservá-la na minha cabeça, onde descansou e se desenvolveu no embrião que se tornaria minha imaginação; uns bons três anos e meio depois, voltei a encontrar Percy mas de outra forma; como punição por me comportar mal na aula, me mandaram copiar os livros um e dois do *Paraíso perdido* de John Milton e eu me apaixonei por Lúcifer, especialmente pela forma como foi retratado na ilustração, vitorioso num pé só sobre um globo chamuscado, o outro pé para o alto, os braços abertos como um vitorioso, brandindo uma espada numa mão, a cabeça com cabelos grossos e vivos pois seus cabelos eram cobras prontas para atacar; eu então me lembrei de Percy e agora conheço Percy."

2

Ver então o sr. Sweet, um menino muito mirrado vestindo calças curtas e camisa de manga curta saltando pela grama verde de um gramado, vendendo, de brincadeira, água saborizada com suco de limão e açúcar para os amigos de seus pais, sentados em uma poltrona e ouvindo jazz, comendo pêssegos escaldados em suco de abacaxi, falando autoritariamente sobre ser ou não ser, cruzando a ilha que era Manhattan, e na época sem poder ver de forma alguma a casa na qual Shirley Jackson morava, a casa onde ele iria morar com as fugas presas na cabeça, assassinando o jovem Héracles uma e outra vez e o menino voltando e voltando à vida; ver o sr. Sweet, as calças curtas e a camisa de manga curta substituídas pelo terno de veludo cotelê marrom que a sra. Sweet comprou na ponta de estoque da Brooks Brothers em Manchester; sem poder ver seu então agora; ver o sr. Sweet então antes de se tornar o sr. Sweet, inocente do pequeno mamífero de pelo curto que prosperou na era Mesozoica; o sr. Sweet que podia ser encontrado com frequência deitado num sofá numa casa velha que foi uma vez ocupada por uma mulher que escrevia contos e educou os filhos e cujo marido a traiu e se comportou como se não fosse mais que um piolho para ela, segundo uma biografia da vida dela.

Fechando os olhos então, há muito tempo agora, lá está o sr. Sweet, sentado diante daquele instrumento antigo, a harpa, lutando com aquele grande triângulo e o segurando firme contra seu pequeno e pretenso peito viril; lutando contra um tom decrescente aqui, uma corda alongada ali; de tripa no meio, de metal embaixo; os semitons mais baixos e mais altos, claves maiores e menores, sistemas harmônicos, melodias duplas, polifonia, monodias, melismas no canto gregoriano, formas contrapontísticas, alegro, concertos, não ainda o noturno — não agora ainda mas a balada — oh sim, oh sim, tudo isso inundava o sr. Sweet sentado diante de seu instrumento antigo, a harpa, venerando e venerando, sua santidade enfraquecendo-o, ele era tão jovem, não ainda o sr. Sweet e ainda assim ele sempre foi o sr. Sweet quando por si mesmo podia agora ver então.

Oh, mas essa é a voz do monodista, e com o instrumento antigo o sr. Sweet está em um palco completamente sozinho, o pódio foi até colocado de lado, o auditório está cheio de cadeiras mas não há plateia, e isso agrada o jovem sr. Sweet, jovem e de tamanho normal ele é então, não velho e do tamanho de uma toupeira como agora, e ele toca o instrumento antigo com alegria e amor e vigor mundano, tanto vigor, e quebra todas as cordas do instrumento antigo do qual agora, agora mesmo, neste exato momento, não vem nenhuma música. Mas então, então, a plateia está cheia de cadeiras mas nenhuma pessoa, nenhuma sequer, e dedilhando as cordas do instrumento antigo, suas cordas feitas de tripa e de metal, o sr. Sweet toca uma música, pois ele ainda não é um teórico e toca uma música, uma música completa cheia de harmonias e melodias e tão simples que qualquer pessoa poderia cantá-la, mesmo Héracles logo depois de ter sido degolado pelo sr. Sweet poderia cantar aquela música. "A degola de Héracles" foi o título que o sr. Sweet deu para todas as músicas que tocou no instrumento antigo Então, "Uma boa noite para Héracles" é o nome que o sr. Sweet dá para a música que ele toca no instrumento antigo Agora. E no fim de cada suíte ou sonata, pois o jovem sr. Sweet toca qualquer coisa de qualquer forma, e era tudo o mesmo, não havendo plateia para fazer a distinção, cadeiras são indiferentes, vinha um silêncio ensurdecedor, aplausos sim, silêncio de qualquer forma. Um imortal para cadeiras vazias era o sr. Sweet então, mas ele era um garoto com todas aquelas coisas martelando dentro da cabeça, notas e notas musicais se arranjando em todas as formas conhecidas mas nunca em formas ainda desconhecidas.

Oh, e essa foi a palavra que a sra. Sweet ouviu, aquela pobre e querida mulher, remendando meias lá em cima. Oh, foi a voz do monodista, seu pobre e querido sr. Sweet. Vap, um som partiu de Héracles quando ele deu uma tacada, acertou e marcou ponto e ainda assim ficou abaixo ou acima do par, a sra. Sweet nunca saberia dizer. A cabeça do menino, livre do corpo com suas entranhas, preenchia todas as cadeiras vazias no auditório do recital jovial do sr. Sweet. Isso não, isso não, o sr. Sweet gritou, deixando as cadeiras vazias novamente. As cordas da harpa, tripa e metal, quebraram e ele se dobrou e se abaixou para consertar o instrumento, tão antigo era esse instrumento. A casa de Shirley Jackson era desconhecida para ele então. Ele nunca imaginou então — sua juventude era seu agora — que moraria numa casa assim, tão grande, tão cheia de espaços vazios nunca usados, que não eram nunca preenchidos mesmo na imaginação, o jovem Héracles com suas tarefas intermináveis de acertar bolas, grandes e pequenas, em buracos de todos os tamanhos; o jovem Héracles, crescendo na juventude, não envelhecendo, crescendo na sua juventude, se tornando mais jovem ainda, suas muitas tarefas a cumprir, cumprindo-as mais perfeitamente, primeiro sem jeito, não da forma correta, mas então ficando tão bom que podia colocar qualquer bola de qualquer tamanho em qualquer buraco, não importa sua largura ou profundidade ou altura. Plaft, era o som da mão de Héracles rebatendo uma bola pelo ar abundante num movimento rápido; vap, era o som de sua cabeça sendo arrancada do corpo. Oh, foi o som que saiu da boca do monodista, sr. Sweet, sr. Sweet, quando ele viu Héracles pegando sua cabeça do chão e devolvendo ao pescoço, sobre os ombros, com tamanha habilidade como se ele tivesse nascido apenas para isto, manter sua cabeça naquele lugar sobre os ombros.

O jovem Héracles, suas tarefas, tantas e tantas: lavar e guardar a louça, limpar os estábulos, passear com os cavalos, consertar o telhado, ordenhar as vacas, emergir do útero de sua mãe como sempre, matar o monstro, cruzar o rio, voltar, escalar a montanha, descer até o outro lado, construir um castelo no topo de uma colina, prender o inocente numa masmorra, destruir vilarejos inteiros para a surpresa dos aldeões, pegar e então esfolar a raposa, comer seus vegetais e a carne também, matar seu pai, não matar seu pai, querer matar seu pai mas não matar seu pai, manter a cabeça sobre os ombros, sobreviver ao limiar da noite, esperar pela aurora, bater com uma picareta nas íris (seus olhos, não as flores que cresciam no jardim de sua mãe), agarrar o sol, banir a lua, o tempo todo sua pele tão fria, o fogo nas suas costas, atravessar a rua sozinho, amarrar os cadarços, beijar uma menina, dormir na própria cama. Ah, puxa, Papai, disse Héracles, se apressando para pegar um copo d'água na pia da cozinha e saciar a sede insaciável que sentia depois de uma de suas muitas jornadas, Desculpa, Desculpa. Héracles então bateu de frente com o sr. Sweet, acertando-o bem na cabeça, fazendo luzes estreladas saírem de suas orelhas, narinas e olhos, deixando o sr. Sweet num coma do qual ele saiu muitos anos depois e imediatamente ele cortou a cabeça de Héracles mais uma vez. Mas aquele Héracles, abençoado com um instinto natural de sobrevivência que nunca, nunca o abandona, pegou sua cabeça e a devolveu — mais uma vez, para o lugar onde ela repousa até hoje, na ascensão bem acima dos ombros.

Oh, foi o som do suspiro áspero que escapou com violência da prisão que eram os lábios do sr. Sweet, quando ele estava deitado no estúdio em cima da garagem na casa de Shirley Jackson. E ele estava ali deitado num sofá marrom, imóvel, como que morto, mas ele não estava morto, só odiava estar vivo, com aquela esposa que agora, agora, tricotava furiosamente, com grande vigor até. O coração dela acelerava com o esforço, mais e mais rápido e então mais rápido ainda. Oh, tão perigosamente rápido seu coração batia que bateu até quase a morte, mas a sra. Sweet disse, gggggrrrrgghhhh, o som do sangue e do oxigênio combinados enquanto o grunhido alcançava a garganta no mesmo instante. Mas que inferno e que merda, disse a sra. Sweet, e quão surpresa ficou ao ouvir essas palavras catapultadas para fora e ao redor de sua cabeça, pois essas não eram suas palavras, eram as palavras de Héracles, Héracles falava assim quando pensava que ninguém podia ouvi-lo. Mas isso (que inferno, que merda) se deu em resposta a: as crianças — que seriam Héracles e Perséfone — não vão sair da cama a tempo de pegar o ônibus escolar, o homem que pode consertar os eletrodomésticos não vem no horário combinado, vai chover quando o sol deveria brilhar, os frutos vão apodrecer nos arbustos, o sr. Sweet não vai surgir do estúdio em cima da garagem como o sr. Sweet, ele vai surgir do estúdio em cima da garagem dentro de um caixão forrado de veludo malva, uma imitação de uma caixa de joias, o sr. Sweet estará morto. E assim — com o sr. Sweet morto — se o sr. Sweet estivesse morto o que aconteceria com a sra. Sweet, quem ela seria? A sra. Sweet era uma tricoteira e uma remendeira de meias, e ela fazia isso porque assim fazendo ela podia delinear e dissecar e então examinar o mundo como o conhecia, como o entendia, como o imaginava, como lhe chegava através de sua existência cotidiana.

Naquele dia inteiro, naquela noite inteira, quando a própria coisa chamada tempo colapsou em si mesma, a sra. Sweet fez meias e assim marcou o tempo, e dessa forma buscou as coisas que ainda não haviam entrado na sua cabeça. Ela remendou e tricotou as meias, tapando buracos, por vezes fazendo pontos comuns, por vezes tecendo uma árvore de Natal ou um Papai Noel em vermelho e verde para tapar os buracos, depois desfazendo esses pontos para tapar os buracos com estrelas de seis pontas e pergaminhos bíblicos em azul e branco. O sr. Sweet odiava isso, como odiava, as estrelas de seis pontas e o pergaminho bíblico em azul e branco, a visão deles fazia o sr. Sweet ter certeza de que ia acabar se tornando um católico no leito de morte, seja lá o que isso significava, pensou a sra. Sweet, pois ela amava tanto o sr. Sweet e pensava sempre em suas contradições como uma fonte de riso, seja lá o que isso fosse ou significasse, um católico no leito de morte. Mas a sra. Sweet amava o sr. Sweet sem disfarces.

E tanto que um dia, do nada, agora, para dizer com exatidão, o sr. Sweet disse a ela, você falou coisas horríveis para mim e para Héracles e Perséfone e para as outras pessoas que ainda não nasceram de você e de mim. Ao ouvir isso, a sra. Sweet chorou e chorou, sem querer acreditar que ela era o tipo de sra. Sweet capaz de dizer coisas que não eram gentis e doces e ficou em silêncio. Ao ver seu casaco muito preto de feltro, que era sua pele natural, pois a sra. Sweet nessa época podia ser de quando em quando ela mesma, o sr. Sweet quis vê-la morta mas ela estava tão viva, remendando os buracos nas meias com asseio, tapando-os por vezes com padrões de que ele não gostava, padrões que ele tanto odiava; ela estava tão viva quando descia a escada depois de remendar as meias, seus ombros erguidos e jogados para trás, eretos, como se nunca tivessem conhecido um fardo e um peso de nenhum tipo, não, de nenhum tipo.

Você falou coisas tão horríveis para mim, o sr. Sweet disse para a sra. Sweet enquanto ela entrava pela porta da casa deles, a mesma na qual Shirley Jackson morou, e essas palavras eram novas para os ouvidos da sra. Sweet pois justo então ela chegava da sinagoga com uma sabedoria bem à la Sweet para compartilhar com ele. O rabino contou para a sra. Sweet uma interpretação bíblica. O rabino disse que foi revelado numa visão que todos os tijolos feitos pelos escravos que construíram a antiga civilização egípcia continham um bebê dentro deles. Dentro de cada tijolo, havia um bebê inteiro, e o bebê chorava. Dentro de cada tijolo, um bebê perfeito encolhido, ali apenas e não morto nem vivo, a sra. Sweet ponderou, enquanto remendava as meias lá em cima, um andar acima do estúdio, e enquanto remendava as meias, ela não pensou naquilo que estava aprisionado em cada ponto, cada ponto sendo uma coisinha que formaria um todo. Vou acabar como um católico de leito de morte, o sr. Sweet disse a ela, e com tanto ódio, a sra. Sweet pensou então, mas se direcionado ao bebê dentro daquele tijolo antigo ou a um padre, ela não pôde dizer. Vou acabar como um católico de leito de morte, e o mundo girava, seguindo do seu jeito misterioso, misterioso a qualquer ser humano que buscasse entender o lugar dela no mundo (essa seria a sra. Sweet), o lugar dele no mundo (esse seria o sr. Sweet), mas não ainda Héracles (ele ainda era um menino), não ainda Perséfone (ela ainda era uma menina), e a sra. Sweet fez girar e girar essas palavras em sua cabeça.

O sr. Sweet não odiava o rabino e não odiava os católicos, assim pensou a sra. Sweet. O sr. Sweet não odeia o rabino e não odeia os católicos mas ele me odeia, não foi o que a sra. Sweet pensou. Seu queixo baixou até o ponto abaixo dos seios e então voltou a sua posição natural, que na idade dela ficava na mesma altura que suas clavículas. Quão cansativos eram o sr. Sweet e seus acessos e fazer alguma coisa deles, pensou a sra. Sweet, mas então mais uma vez, ninguém fazia mais isso, ninguém, Meg e Rob — para dar um exemplo — consideravam cansativos os acessos, as variações constantes de humor, as emoções voláteis de seus companheiros. Héracles pediu para a mãe, que vinha a ser a sra. Sweet, lhe preparar uma refeição, café da manhã, jantar, ou algo entre as duas, ela se sentiu ofendida e eles brigaram por isso, o resultado foi uma grande calma, silêncio até, e a calma e o silêncio foram preenchidos por muitas palavras.

Ouvir então o jovem Héracles, ainda inocente diante das noções de honra e glória: Pai, ele disse, você quer jogar boliche? Mas o sr. Sweet pôde ver a pista de boliche, onde havia pessoas que tinham comido mais do que deveriam e isso era uma medalha de honra, e elas falavam alto e morreriam de doenças curáveis, jamais de causas naturais, mas o que isso significaria quando morrer é natural. Mas em tempo virá uma série de eventos saturados de sentimentos e cheiros e a forma como alguém se lembrou deles e a sensação de algo, de qualquer coisa, e os sons e alguém experimentando a relação entre som e tempo e até espaço — oh, oh! Oh, oh, disse o sr. Sweet, nós temos que ir, nós temos que ir, e ele pôde ver todas as pessoas na pista de boliche, jogando bolas de boliche com precisão e encontrando satisfação nisso, e jogando bolas de boliche de um jeito despreocupado e encontrando igual satisfação nisso, e ele odiava aquelas pessoas, pois nenhuma delas sabia sobre adágios e si bemóis e sinfonias e boogie-woogie e tudo o mais, só sabiam da alegria da bola de boliche de madeira derrubando pinos de madeira nas pistas. Pai, você quer jogar boliche, perguntou Héracles para o sr. Sweet e o sr. Sweet disse, sim, jogar você para fora da existência, mas Héracles saltou para o carro, um velho Volkswagen Rabbit com o qual iriam até a pista de boliche, e não ouviu o pai dizendo essas palavras. Assim que entraram na pista de boliche, o sr. Sweet caiu e quebrou o menor dedo da sua mão direita e assim por um curto período foi incapaz de tocar no pianoforte uma melodia composta por um alemão em meados do século XIX, e a sra. Sweet ficou imóvel. Ela amava tanto os dois, o jovem Héracles, seu marido sr. Sweet naquele terno de veludo cotelê marrom que abraçava tão apertado seu corpo, ele se parecia com um dos primeiros mamíferos.

A sra. Sweet era mãe de Héracles, e isso era tão natural e certo quanto o giro diário da terra em torno de si mesma. A sra. Sweet amava o jovem Héracles, ela o amava tanto e concedia uma atenção especial a todas as necessidades dele e realizava todos os seus caprichos divertidos: ver as máquinas que removem neve — os limpa-neves — estacionadas na garagem municipal onde eram guardadas quando suas pás gigantes não estavam empurrando os altos montes de neve. Como Héracles adorava ver aquilo, quilômetros e quilômetros de estrada cobertos de neve e os limpa-neves limpando, abrindo caminho pela neve. Ele também adorava ver prédios altos sendo erguidos com um maquinário que roncava tão alto que ele não podia ouvir a sra. Sweet dizendo o quanto o amava. E ele adorava vestir apenas roupas aquecidas e a sra. Sweet fazia o sol brilhar e aquecer as roupas dele e, se não isso, botava-as na secadora para aquecê-las. Héracles gostava de suas roupas aquecidas quando as vestia e a sra. Sweet as aquecia. Mas Héracles é que era natural com a sra. Sweet, e não o contrário. Héracles via a sra. Sweet com desdém e isso estava correto, pois os fracos não devem nunca temer os fortes.

Ela se afligia e se preocupava e ficava irritada ao pensar na vida dele conforme ele a vivia. E se Héracles saísse do quintal em busca de uma daquelas bolas, seja de golfe, de basquete, de beisebol, de futebol que ele alegre e violentamente lançava pelos ares? O quintal da casa de Shirley Jackson tinha uma fronteira. E essa fronteira eram as estações: inverno, primavera, verão e outono. Mas não importava a estação, não importava o clima, Héracles brincava com aquelas bolas, a sra. Sweet remendava e tricotava aquelas meias, o sr. Sweet se deitava num sofá no estúdio escuro.

Héracles agora se abaixa para pegar seus temerosos mirmidões, um presente que ele recebeu em seu Lanche Feliz que a sra. Sweet comprou para ele no McDonald's. Os temerosos mirmidões, bonequinhos de plástico azul e verde e vermelho, eram temerosos; eles empunhavam seus escudos no peito e seguravam suas lanças no alto, sempre prontos para atacar e infligir dor, morte imaginária. Quando Héracles tinha quatro, cinco e seis anos, ele costumava alinhá-los um ao lado do outro na escada diante de seu quarto, campos de batalha, e essas figuras de plástico demoliam invenções, bravas invenções, uma e outra vez, e então descansavam de tão cansadas que estavam de lutar, e então um insuspeito e inocente sr. Sweet pisava em sua forma abandonada e às vezes quase quebrava o pescoço descendo a escada aos tropeços depois desse encontro. Que merda, ele dizia e olhava rápido ao redor, seus olhos disparando aqui e ali depressa, como que controlados por uma engenhoca mecânica, aquele pirralho, aquele merdinha. Mas sua mãe amava Héracles e o levava para o McDonald's para comprar seus Lanches Felizes, mesmo quando ela estava triste e não sabia que estava, a felicidade sendo a esfera de Héracles e seu pai e sua filha a bela Perséfone e os temerosos mirmidões, feitos de plástico ou não, e tudo o mais que surgia na casa de Shirley Jackson. Héracles então se abaixa para pegar um temeroso mirmidão, o Então sendo o mesmo que o Agora, o Então de quando em quando se tornando o Agora.

Os temerosos mirmidões eram às vezes alinhados, posicionados em formações, prontos para batalhar e triunfar contra uma série de adversários, os quais Héracles não podia ver mas os mirmidões também não e assim tudo corria dessa forma, uma forma que agradava Héracles agora, então, então ou agora sendo apenas um e o mesmo fardo ou prazer. Outras vezes os temerosos mirmidões eram separados uns dos outros, espalhados aqui e ali, no chão do quarto onde Héracles dormia sozinho; no cesto de roupa suja e então resgatados de um ciclo de lavagem da máquina de lavar pela sra. Sweet; na escada que o sr. Sweet desceu tão logo saiu da cama em uma bela manhã, escorregou e quebrou uma vértebra. A vértebra sarou mas o próprio sr. Sweet, não. Héracles disse, desculpa, pai, como sempre fazia, e pedir desculpas era algo comum para ele, como oxigênio. Recaindo, desculpa, pai, e recaindo em tudo o que era agora, que viria a se tornar Então, em tudo pelo que Héracles nutria sentimentos fortes mas os sentimentos fortes entrariam em acordo com o então, não agora, nunca agora.

Mas os muitos e temerosos mirmidões, resultado de muitas idas às lanchonetes do McDonald's para comprar Lanches Felizes, estavam alinhados e se puseram a batalhar com alguns inimigos imaginários e triunfaram é claro, uma e outra vez, eles triunfaram é claro, e o campo de batalha imaginário se cobriu de sangue, puro sangue, e muito sangue, cobrindo tudo; assim Héracles pensou, assim ele disse consigo, assim ele também imaginou. Os temerosos mirmidões são os melhores, foi outra coisa que ele disse ou imaginou. E então ele caiu no sono. Acorda, acorda, sua irmã gritou para ele, pois ele tinha uma irmã e ela tinha cabelo cacheado. Acorda, sua irmã gritou para ele, tem uma cobra de nove cabeças deitada com você no berço. E o muito jovem Héracles então deu uma cambalhota e, encarando a cobra de nove cabeças, puxou para fora a língua de todas as cabeças; sem muito esforço ele cortou as cabeças fora e as jogou por cima do ombro, todas as nove, e elas foram cair no chão recentemente limpo da cozinha da sra. Sweet. Oh deus, ela disse consigo, esse menino está sempre aprontando alguma, que bagunça ele fez agora. E ela pegou as nove cabeças de cobra e as colocou num saco, limpou o chão e pediu ao sr. Sweet que, por favor, viesse tirar o lixo.

Mas o sr. Sweet estava em seu estúdio em cima da garagem, onde sempre apreciava estar, que não era uma funerária, só que ele estava de luto e conduzia o funeral de sua vida, aquela que ele nunca conduziu, e o chamado da sra. Sweet interrompeu seu luto, ela estava sempre interrompendo, sua vida ou sua morte, ela estava sempre interrompendo. O estúdio estava escuro, então, agora, mas não por completo, cada coisa podia ser vista claramente mas como uma sombra de si mesma. E como o sr. Sweet apreciava isso, cada coisa uma sombra de si mesma. Mas aquela voz da sra. Sweet, não a sombra de uma voz, ela não era capaz disso, um sussurro, expressar seus sentimentos mais profundos com o olhar, ou só parar totalmente de respirar, só parar, parar, agora mesmo. Sr. Sweet, ela dizia muito alto, sua voz soando mais alto que a voz de um pregoeiro público, mais alto que o alerta de desastre iminente, ela era tão barulhenta, a sra. Sweet era tão barulhenta. Sr. Sweet, você pode por favor tirar o lixo? Shlap, shlap, ouviu-se o som dos pés dele acomodados em um par de chinelos de flanela que o sr. Sweet arrastava pelo chão e sua ira era tão grande que quase trouxe a cobra de nove cabeças de volta à vida. Como seja, sua ira era tamanha que dilacerou o peito dele e seu coração explodiu em pedaços mas a sra. Sweet, tão acostumada a remendar meias, empreendeu suas habilidades nessa tarefa e logo emendou o sr. Sweet, seu coração inteiro dentro do peito costurado.

Aquele pestinha quase me matou de novo, disse o sr. Sweet consigo, e não vai ser a última vez, voltou a dizer para si mesmo, e se lembrou daquela vez, não há muito tempo então, quando estava descendo a escada e Héracles subia ao mesmo tempo e eles se encontraram no meio e por acidente se esbarraram e por acidente Héracles, para se manter firme depois da colisão, agarrou os testículos do sr. Sweet e os atirou e os atirou com tanta força que eles foram parar muito longe no oceano Atlântico, que ficava Então e fica Agora a centenas de quilômetros de distância. Os testículos então caíram naquele grande corpo d'água mas não produziram tufões ou ondas gigantes ou furacões ou erupções vulcânicas ou inesperados deslizamentos de terra de proporções incríveis nem nada digno de nota; eles apenas caíram e caíram silenciosamente indo parar na parte mais profunda daquele corpo d'água e nunca mais se ouviu falar deles.

Oh, o silêncio que se instalou na família, na família Sweet, que morava na casa de Shirley Jackson: no pobre Héracles, que ficou parado por um bom tempo no topo daquela escada; na sua irmã que se enrolou na cama e foi dormir feito um único grão de feijão plantado no solo rico de uma horta preciosa; no sr. Sweet que tirou os dedos das cordas da lira; na querida sra. Sweet, que congelou em sua costura, em seu tricô, a agulha de coser na mão, as agulhas de tricô nas mãos prestes a furar o calcanhar de alguma peça, prestes a finalizar uma peça. E então se recompondo, avaliando o que havia diante dela, a sra. Sweet mexeu e mexeu nos muitos pares de meia que vinha remendando e, pegando um par, ela criou um novo conjunto de órgãos para o seu amado sr. Sweet, tentando e conseguindo fazê-los parecer idênticos ao par de testículos completo que lhe pertenceu e foi acidentalmente destruído pelo filho, o jovem Héracles. E quando o sr. Sweet caiu em um doce sono desesperado sem saber o que fazer de seus testículos perdidos, a sra. Sweet costurou as meias remendadas em seu lugar, os calcanhares das meias imitando aquele vulnerável saco de líquido e matéria sólida que um dia foram os testículos do sr. Sweet.

E então, oh sim então, as belas mãos marrons da bela e querida sra. Sweet ganharam um tom branco e infeliz, ficaram ossudas e secas. O resto dela se conservou belamente marrom, um marrom que cintilava e brilhava, um marrom tão único para ela, nenhuma outra sra. Sweet poderia ser marrom desse jeito, tão cintilante, tão brilhante, tão reluzente, fazendo-a por vezes parecer uma forma secreta de comunicação, um ponto de luz colidindo com a ponta da orelha dela poderia significar alguma coisa, poderia ser um sinal de que mudanças enormes deveriam ser postas em prática; ou a luz da manhã, atravessando concisa a janela que ficava exatamente acima da pia da cozinha e por um momento pousando na ponta achatada que era a ponta do nariz achatado da sra. Sweet, enquanto ela estava ali pegando água para fazer café; a luz então produziria tamanho clarão que poderia ser interpretada como um alerta de um cataclismo iminente. Mas a brancura infeliz das mãos ossudas e secas não interessava a sra. Sweet, elas se misturavam tão bem com as meias furadas que tinham de ser constantemente remendadas. Assim a sra. Sweet seguiu do então para o agora e de volta.

Então chegou o tempo, de repente, quando o sr. Sweet agarrou sua raiva, pois ele teve de encarar um fato inevitável, Héracles havia crescido quinze centímetros em um ano, e se não parasse de fazer isso agora mesmo logo seria muito maior que o sr. Sweet. E como o sr. Sweet esbravejou em silêncio no estúdio sem sol em cima da garagem. Para comemorar esses sentimentos, sua solidão, sua solitude, sua eterna privação, o sr. Sweet compôs uma fuga para uma orquestra de cem liras. "Veja isso", ele disse para a sra. Sweet apresentando a ela a partitura na íntegra com suas cem páginas, "você não acha original, não acha que é algo que ninguém nunca fez antes." E a sra. Sweet, tão querida e doce que era, sabia e assim não precisava ser dito que não sabia nada de música e ela se perguntou onde poderia encontrar, na vizinhança da casa de Shirley Jackson, cem músicos especialistas em lira. Lira! Sentada à mesa que Donald fez para ela, um gafanhoto verde encontrou seu caminho para dentro de seu santuário e ela imediatamente desejou que fosse uma tartaruga, mas ele não tomou essa forma e esfregou suas pernas traseiras e ela estremeceu com o chiado. Criii!

As páginas e mais páginas da partitura da fuga do sr. Sweet eram tão pesadas que fizeram a sra. Sweet se dobrar com o peso. O que fazer? O que ela deveria fazer? A sra. Sweet esquadrinhou os arredores dos vilarejos e povoados, espiando o interior de suas igrejas e sinagogas e abrigos de sem-teto, e então buscou os conselhos dos chefes de família e andarilhos sem-teto até que, depois de anos e anos, ela conseguiu reunir cem músicos distintos especialistas em lira. Eles se juntaram e se amontoaram na pequena área verde que ficava fora da casa na qual Shirley Jackson morou por um tempo. Mas então o sr. Sweet desceu com uma gripe e seus ombros congelaram e sua garganta estava vermelha e inflamada e seus pés falharam e um grande medo de espaços abertos o dominou.

Os temerosos mirmidões estavam alinhados lado a lado, seus cabelos amarelos de plástico fluindo na mesma direção que as túnicas verdes de plástico, descoladas do corpo, dando a eles uma aparência de movimento ligeiro e sem fim. Diante deles havia as legiões de homens de plástico que levavam um casco de tartaruga e brandiam espadas, prontos para atacar os temerosos mirmidões. Héracles também havia ganhado as legiões de homens de plástico que levavam cascos de tartaruga e brandiam espadas de brinde com seus Lanches Felizes, e assim também ele não consumiu os lanches em si, apenas gostava muito das coisas que vinham com eles: temerosos mirmidões, homens que levavam cascos de tartaruga, ou às vezes uma capa sobre os ombros, cavalos alados, pássaros com pés de homem. Os temerosos mirmidões atacavam agora as legiões de homens que levavam cascos de tartaruga e havia sangue por todo lado misturado com ossos e cascos e outros tipos de matéria corpórea, e em meio a todos os gritos imaginários e lamentos de sofrimento imaginário, havia o som do sr. Sweet revisando e reescrevendo partes de sua fuga, as notas doces ficando amargas, as notas amargas ficando ainda mais amargas. Bem acima do sangue, dos ossos e de outros tipos de matéria corpórea (pois ele era tão alto, o jovem Héracles), o jovem Héracles girou na planta do pé, o outro pé perfeitamente dobrado em pleno voo para lhe dar equilíbrio, e ele riu uma risada grande e alta que ecoou pelo vale e se deteve na face da montanha que se erguia acima desse mesmo vale e voltou, tomando a direção de Héracles e de seu lar na antiga casa de Shirley Jackson mas não antes de pousar suavemente no cemitério judeu onde seus ancestrais estavam enterrados e no campo de golfe e no Powers Market e na ponte Paper Mill.

Héracles, Héracles, disse a sra. Sweet consigo, mas embora ninguém mais tenha ouvido, para ela o som daquele nome ecoou então como se ela estivesse numa pequena sala com todos os sentidos bloqueados, apenas o nome, Héracles, preenchendo esse tempo então e esse espaço agora. Com frequência o nome de seu filho a deixava com essa sensação, seu nome e assim ele mesmo tomava, preenchia tudo, tempo ou espaço, espaço ou tempo, um ou outro. Para a sra. Sweet, seu nome então aprofundou o sulco raso em sua testa mas esse aprofundamento só podia ser visto com a ajuda de um microscópio. E o sr. Sweet, ao ouvir essa risada grande e alta, desejou ao filho uma passagem segura até a borda do universo em uma cápsula espacial defeituosa; como ele queria ver a expressão no rosto de Héracles depois de um evento como esse.

Mas então: cem liras, cem músicos para tocá-las, pensou a sra. Sweet e se pôs a cumprir seus deveres, fazendo os instrumentos e os músicos. Sua concentração era inabalável, sua devoção estava fora de questão, seu amor não tinha limites. Como a querida sra. Sweet amava o sr. Sweet e assim também amava tudo o que ele criava, fugas, concertos, composições para coral, suítes e variações. Mas um milhão de liras e músicos para tocá-las! A sra. Sweet iniciou sua tarefa. Ela ergueu plantações e plantações de algodão e cana e anil e despachou muitas famílias para as minas de sal. A sra. Sweet inseriu sua produção no mercado na forma de safras comerciais, bens manufaturados, força de trabalho braçal, e obteve lucros fantásticos e com esse lucro ela então fez liras e pessoas que podiam tocá-las e então construiu uma sala de concertos, uma sala de concertos tão grande que para experimentá-la era necessário ter o fanatismo de um peregrino. No dia em que a sra. Sweet reuniu as liras e as pessoas que podiam tocá-las na grande sala de concertos na qual aquela elaborada, complicada, única e transformadora fuga do sr. Sweet seria por fim performada, o sr. Sweet desceu com os tendões dos calcanhares inflamados. E era verdade, seus calcanhares inflamados doíam muito, e ainda por cima que fúria o dominou quando ele viu que a querida sra. Sweet havia tornado sua demanda impossível possível. Nessa atmosfera das realizações da sra. Sweet, tão mágicas eram, o sr. Sweet se exaltou, mas de ressentimento e ódio, não de amor, não de gratidão.

Eu não passei a vida estudando, disse o sr. Sweet, ainda ofendido pelos insultos que a sra. Sweet lançou contra ele, especialmente esse último com a sala de concertos e os cem músicos; a sra. Sweet lhe pedia para fechar a porta da garagem, lavar a louça, limpar o balcão, lavar a pia da cozinha, tirar o lixo, eu não passei a vida estudando é verdade, disse o sr. Sweet, mas também não era para eu fazer essas coisas, eu não posso fazer essas coisas.

E o sr. Sweet se jogou na poltrona em seu estúdio em cima da garagem, a poltrona com pernas que despontavam na forma das patas de um gato enorme. Um estalo e um rugido alto atravessaram as janelas fechadas. Héracles havia soltado sua alcateia de leões enjaulados. Uma corrente de ódio atravessou rapidamente o corpo do sr. Sweet mas não ameaçou consumi-lo e assim ele se recompôs e olhou para cima. Acima dele estava o teto abobadado pintado de um azul-celeste retrocedendo ao infinito quando olhado sem piscar por muito tempo. Luzes fracas

apareciam aqui e ali, e então brilharam forte as constelações começando com Orion, Ursa Maior, Ursa Menor, o Grande Carro, o Pequeno
Carro, o arco para Arcturus, Cão Maior e Menor, Castor e Pólux,
expandindo e expandindo sem cessar até a borda da noite. Pirâmides
de pensamentos e sentimentos encurralavam o querido homem agora
docemente acomodado na poltrona: seus adorados chinelos de flanela
que ele ganhou da mãe quando fez doze anos tinham buracos nas solas
e não podiam ser consertados e não podiam ser substituídos, pois não
se faziam mais chinelos desse tipo. O sr. Sweet ainda podia calçar esses
chinelos mesmo agora, sendo um homem de meia-idade, ele não tinha
crescido um centímetro sequer desde que fizera doze anos. O mundo
era frio e desnaturado com sua pobre alma. O céu lá em cima, ainda
que fosse apenas o azul-celeste do teto do estúdio em cima da garagem,
era vasto e se expandia, suave e ainda assim agitado, contendo céus
e céus também, espaços que pulsavam como uma importante artéria
de um corpo mas sem sua importância ou responsabilidade, espaços
onde as experiências cotidianas não cabiam. A borda fina da noite,
ainda não tão escura, emoldurava o azul-celeste. A borda fina da noite
abriria caminho para uma inexorável escuridão mas justo então o sr.
Sweet a segurou, a borda fina da noite, não tão perto dele. A borda
fina da noite é uma metáfora, eu devia escrever uma sinfonia, uma
alusão secreta a isso, a borda fina da noite é uma metáfora, disse o
sr. Sweet consigo, e apenas consigo. Nesse meio-tempo, o ponto fixo
no teto azul-celeste se expandiu e se expandiu na cabeça do sr. Sweet,
como que influenciado por uma droga alteradora da consciência ou
como se tivesse se forçado a ver. O universo, ou assim parecia para
o sr. Sweet ou para qualquer outro e com qualquer outro ele queria
dizer a sra. Sweet, o jovem Héracles e a irmã de cachos lustrosos, ali
olhando para cima; a borda fina da noite se expandiu e se expandiu e
desceu sobre ele e então o engoliu e nisso o sr. Sweet dormiu e dormiu
e dormiu e dormiu!

O batalhão de temerosos mirmidões se espalhava pelo gramado
e pelos canteiros de flores da sra. Sweet, alguns de bruços, outros de
costas. Héracles estava acima deles, um galho caído, e então morto,
de uma conífera na mão direita. Uuuu! Eeee! Aaargh! Eeee-agh!
Uma série de sons escapou dele, ora raivosos, ora não. Ele se abaixou

e posicionou o batalhão de temerosos mirmidões. Faltavam alguns; alguns ficaram emaranhados nas raízes dos hibiscos da sra. Sweet fazendo as raízes se enrolarem, dando voltas e voltas, emaranhando-se com violência, o que acabaria na morte deles. Mas o querido e doce Héracles não sabia disso, e como poderia, a sra. Sweet era sua mãe, sua mãe era a esposa do sr. Sweet, o sr. Sweet era seu pai, Héracles era filho do sr. Sweet. O querido filho do sr. Sweet olhou para o seu batalhão de temerosos mirmidões lá embaixo, todos caídos aos seus pés e alguns emaranhados nas raízes das variedades de hibisco, a variedade "Lorde Baltimore", a variedade "Anne Arundel", a variedade "Lady Baltimore", todas crescendo no jardim da sra. Sweet. Formigas passavam por cima dos temerosos mirmidões enquanto cuidavam de seus assuntos de formigas; abelhas entravam e então saíam das flores carregadas de pólen dos hibiscos no jardim da sra. Sweet, e assim fez um beija-flor. E Héracles juntou os temerosos mirmidões e os colocou dentro de uma grande caixa preta, e os deixou de lado por um tempo, um bom tempo.

3

Um dia ao cair da noite, o jovem Héracles nasceu, e o sr. Sweet, que então parecia ser tão alto quanto um jovem príncipe da era Tudor, sorriu para o filho e beijou suas bochechas, e então cortou o cordão umbilical de seu filho mais novo. Ele olhou para o recém-nascido e ficou com medo de segurá-lo muito perto pois sentia o forte desejo de derrubá-lo dos braços, vê-lo cair no chão, o corpo intacto a não ser pela cabeça, seus miolos espalhados por todo lado no chão da sala de parto que ficava no hospital da cidade que não era muito longe da casa de Shirley Jackson. A sra. Sweet, deitada na cama, as pernas bem abertas, ainda na posição em que estava quando o jovem Héracles saiu de seu útero, seu útero do qual o jovem Héracles emergiu, seu corpo inteiro tremendo do esforço de trazer o filho do sr. Sweet para o mundo, ela olhou para eles, seu velho marido, seu novo filho, e adormeceu de cansaço. "Como assegurar meu reino, de forma que eu possa entregá-lo, deixar uma herança para o jovem Héracles que até agora é meu único filho?" não foi o que o sr. Sweet pensou, não, não mesmo. Ele odiava o jovem Héracles, recém-nascido e novo e amarela era a cor de sua pele, pois ele tinha icterícia, e seus olhos estavam bem abertos e olhavam como se vissem tudo embora tudo ainda não pudesse ser compreendido. Esses olhos, esses olhos, disse o sr. Sweet consigo, esses olhos, eles nunca veriam e assim nunca chegariam ao entendimento dos concertos de Beethoven e Mozart e Bach, e como seja o jovem Héracles tinha mãos grandes que sugeriam uma falta de jeito, pois tais mãos não poderiam nunca segurar uma lira conforta-velmente quando muito ou se demorar num pianoforte ou sustentar uma flauta nos lábios ou segurar qualquer instrumento nos lábios ou afagar qualquer tipo de instrumento; os dedos dele eram grandes como se feitos para segurar uma lança e um escudo e fazer em pedaços coisas muitas vezes maiores que o seu tamanho. Assim pensava o sr. Sweet enquanto segurava o filho nos braços, suas mãos, seus próprios dedos eram delicados e pareciam notas musicais se elevando e flutuando livres sobre folhas de papel em branco e então pousando em uma ordem que resultava nas melodias mais bonitas especialmente quando assobiadas. Mas o sr. Sweet não lançou ao chão nem deixou cair de suas mãos o jovem Héracles, e assim a história deles continuou, com uma amargura que para o sr. Sweet tinha um gosto familiar à língua e com uma amargura que tinha um gosto familiar às eras; eras e eras de pais que não amavam seus filhos.

Mas ele cortou o cordão umbilical do jovem Héracles, aquela corda salva-vidas com a qual todos os seres humanos se ligam a sua mãe, e é sempre algo honorável e adorável de se fazer, e o recém-nascido bebê Héracles tinha icterícia e isso deixou sua mãe nervosa pois ela o amou assim que o viu. Ela amou os olhos dele, aqueles mesmos que eram tão abertos e olhavam como se ele pudesse ver tudo que eles não podiam entender, seu passado era seu futuro e ele podia ver isso, ainda que não compreendesse; como seja, ela amava o seu pequeno filho e sentiu muito ao vê-lo ali deitado, totalmente nu, num berço de hospital, debaixo de algumas luzes, sua pele amarela ficando mais amarela até ele quase se parecer com um cravo-de-defunto, assim ela pensou, e a sra. Sweet ficou ainda mais preocupada quando o segurou junto aos seios, dois grandes sacos cheios de leite, e ela o abraçou tão apertado que Héracles quase se fundiu a ela, mas não o fez; em vez disso, ele cresceu bem, por fim se livrando da icterícia, causada porque o tipo sanguíneo dela entrou em conflito com o tipo sanguíneo do sr. Sweet enquanto bombeava seu caminho ao redor e dentro do corpinho do jovem Héracles. Essa condição durou sete dias e no oitavo dia ele foi liberado do hospital e mandado para casa com seus pais, o sr. e a sra. Sweet, que moravam na casa de Shirley Jackson. Não foi num dia em setembro, foi num dia em outro mês, o mês de junho, e as peônias estavam floridas, peônias especiais, de pétalas brancas com uma única mancha vermelha aparecendo aleatoriamente em cada pétala; as íris também e as aquilégias e uma rosa chamada Stanwell Perpetual.

Do lado de fora da casa, havia um grande e velho bordo, como haveria do lado de fora de uma casa como a casa de Shirley Jackson, e o bordo tinha feridas antigas aqui e ali das muitas vezes que foi atingido por um raio. Lá fora também havia uma velha macieira, tão doente que quase não dava flores e logo nunca dava frutos; e também havia uma pereira que dava frutos mas frutos amargos que nunca podiam ser comidos. A grama era verde e estava começando a crescer sem controle, esperando pelo primeiro corte. Aaaaaaah! Foi o som que veio do interior da casa, um suspiro de intensa satisfação, produzido pela sra. Sweet. Ela estava vigiando o bebê, seu filho, olhando para ele deitado de lado, um bracinho embaixo de uma bochechinha, o outro bracinho dobrado e descansando embaixo do queixo, sua pele da cor de um bebê saudável. Os olhos dele estavam fechados.

Oh, que bebê adorável, adorável, assim pensou a sra. Sweet e olhou para o seu doce filho, deitado em seu berço, por cima dos lençóis que ela costurara só para ele, e ele vestia uma das muitas pequenas túnicas que ela havia tricotado, seguindo as instruções de um livro chamado *O jeito certo de tricotar*; ela comprou esse manual em uma livraria Northshire, numa cidade não muito longe do vilarejo onde ela vivia com sua família, uma existência feliz ao lado de sua família, ainda mais agora com a adição do jovem Héracles. O menino ali deitado, seu peito subindo e descendo imperceptivelmente, seu jovem coração, sua jovem vida mal começando: qual será o destino dele, pensou a mãe, que surpresas cruéis a vida lhe guardaria, que labutas injustas esperavam por ele, quais tarefas duras ele superaria, sim, ele triunfaria sobre elas, pensou sua maravilhosa mãe, que tinha aprendido sozinha a tricotar com um livro e aprendido sozinha a preparar receitas de diferentes regiões da França com um livro, que tinha aprendido sozinha a fazer jardinagem com um livro, e que tinha aprendido sozinha a ser, mas isso com o instinto. E ela amava o seu filhinho, o bebê, como se fosse um primogênito mas ele não era, e ela amava sua primogênita da mesma forma que amava Héracles, sua primogênita, uma menina, que era Perséfone, mas o sr. Sweet mantinha Perséfone longe da mãe, pois na cabeça dele a sra. Sweet pertencia a outro mundo, um mundo de mercadorias — incluindo pessoas — que chegavam em navios; o sr. Sweet mantinha a menina com ele no estúdio, pois era muito importante que ela ficasse perto da lira, a menina o inspirava de tal forma que o sr. Sweet escrevia hinos e outras músicas próprias para voz só para ela cantar, e Perséfone cantava essas músicas muitíssimo bem, era digna de um teatro mas o sr. Sweet não permitiria que mais ninguém a ouvisse, e se por acidente a ouvissem o sr. Sweet desencorajava as pessoas a pensar que a voz dela era bonita, pois a levariam embora, para longe do espaço em cima da garagem da casa de Shirley Jackson e o sr. Sweet ficaria totalmente só e morreria e ele tinha medo de morrer, embora já estivesse morto.

Mas... a sra. Sweet assim amava o jovem Héracles e ficar olhando o filho para sempre era um de seus "únicos desejos". Ele era muito bonito mas não em comparação a qualquer outra coisa, ele era muito bonito e o mais bonito por ele mesmo. Tinha pelos grossos crescendo bem em cima dos olhos e isso o fazia parecer um leão; mas então ele tinha olhos arredondados e enormes (que estavam agora fechados em seu sono, enquanto a sra. Sweet olhava para ele) e isso o fazia parecer uma coruja; mas então ele tinha um nariz muito largo, o que o fazia parecer um urso imaginário, um ursinho de pelúcia, um brinquedo feito para acalmar crianças; sua boca, oh sua boca, era tão ampla quanto a boca do sol, aquele mesmo sol que surge no famoso horizonte e então cobre o céu por um tempo, um tempo sendo um dia, e testemunhar esse evento, o sol se erguendo do horizonte e cobrindo a extensão do céu pelo tempo que leva, é uma definição exata de estar vivo; suas orelhas eram enormes, os lóbulos em si parecendo uma espécie peculiar de flor encontrada num ecossistema único e também uma antena parabólica, um instrumento feito para receber informações de uma forma não comum a outros seres humanos. Enquanto estava ali debruçada sobre ele, admirando sua forma infante, sua ternura jovem, e vendo em suas feições gloriosas atributos extraordinários, a sra. Sweet chorou, as lágrimas fluindo incontroláveis e num volume tal que ela teve de juntá-las e levá-las para fora, formando uma poça na qual sapos, trutas e seus semelhantes viveriam e botariam ovos. Oh, ela disse consigo, oh, a beleza dele vai me afogar, é como a força de algo imortal: o rio em Mahaut, em Dominica, que sua mãe teve de cruzar todos os dias para ir à escola; as montanhas cobertas de árvores que por vezes eram o verde brilhante de folhas novas e por vezes o dourado ofuscante de folhas velhas, e podiam ser vistas de qualquer perspectiva, dentro ou fora, da casa de Shirley Jackson; a lua, como é retratada e vista em um livro chamado *Boa noite, lua* que ela costumava ler para o seu primeiro grande amor, a perpétua, a profundamente harmoniosa e bela Perséfone.

O telefone tocou; todo o ser da sra. Sweet estremeceu; seu corpo, é claro, mas sua presença de espírito também. Quem poderia ser: cobradores; a companhia telefônica chamada Verizon; a operadora de TV a cabo chamada alguma outra coisa; Blue Flame, uma empresa de gás natural que fornecia energia para cozinhar e esquentar a água do banho, se os Sweet quisessem esse tipo de coisa; óleo para aquecer a casa; uma voz zangada cobrando o pagamento das prestações do carro; Paul, que limpa as chaminés; o sr. Pembroke, que limpa o quintal; os Hayden, pai e filho, que fizeram os canos dos dois banheiros pararem de vazar na cozinha; uma amizade dos Sweet desejando boa sorte com a chegada do jovem Héracles; uma amizade dos Sweet que sustentava uma afeição especial pelo sr. Sweet, não um caso de amor luxurioso, apenas uma amizade que não gosta da sra. Sweet, que prefere o sr. Sweet; uma amizade que acha que seria uma boa coisa se a sra. Sweet pudesse ser jogada de uma boa altura e não morresse na queda, apenas ficasse aleijada.

O telefone tocou: a sra. Sweet pensou, oh o que será e quem será? E o sr. Sweet disse, eu atendo, pois ele tinha ouvido o barulho, que havia se misturado com as notas altas e baixas. Em seu caminho até o telefone, ele pôde ver o jovem Héracles deitado em seu bercinho e sua mãe debruçada sobre ele numa tal disposição de imaginar seu futuro, de recordar seu futuro também, pois o destino de uma criança está na memória da mãe! O herói menino estava adormecido em seu berço, deitado em lençóis feitos pela sra. Sweet com suas próprias mãos, ele pôde se lembrar das noites em um inverno escuro, quando ela devia estar ouvindo suas composições de fugas e outras melodias sombrias, ela tricotava, tricotava, tecia cobertores, tecia lençóis e fraldas também, tricotava túnicas e coisas do tipo, e era algo muito desrespeitoso, pois a criação de uma coisa é superior à criação de uma pessoa!, assim pensou o sr. Sweet. Aquele menino e sua mãe se tornariam o título de uma música feita para ser cantada por crianças, pensou o sr. Sweet, e fez uma nota mental disto: a sra. Sweet adorando seu filho e imaginando a grandeza de seu filho no mundo que estava por vir, seus triunfos, pois aqui está ele acertando sua bola de basquete na cesta, quando a cesta está a quilômetros de distância, e a bola de golfe no buraco quando o buraco está a quilômetros de distância, e lançando a bola de beisebol além dos limites do campo de beisebol; e o campo de beisebol era tão grande quanto a décima sétima maior ilha da face da terra. A sra. Sweet imaginou o futuro de seu filho e essas eram imagens muito amargas para o sr. Sweet. Vendo essa cena da mãe adoradora venerando seu jovem filho, já um herói para ela, ali deitado em seu bercinho, como o sr. Sweet odiava a sra. Sweet e seu ódio pelo jovem Héracles, novo para ele, sua realidade nova para ele, cresceu; mas esse ódio era uma nova forma de desconforto, assim o sr. Sweet pensou. De qualquer forma, o sr. Sweet odiava o menino e desejou que uma família de cobras aparecesse do nada para devorá-lo! Mas isso não aconteceu justo então nem nunca. E assim o sr. Sweet, emburrado, embora essa seja uma palavra muito mansa para descrever sua perturbação, seu ódio, sua confusão, pensou em uma variedade de pratos que poderia servir para a sra. Sweet se ao menos soubesse cozinhar: suflê de um bebê sem nome; recém-nascido sem nome escaldado; lombo de Héracles com limão e tomilho; ela os devoraria, pois adorava comer, qualquer um podia ver isso naquela sua cintura em expansão, a gordura aumentando nos braços, suas pálpebras, os lóbulos das orelhas, seus tornozelos como os pés das poltronas que encontramos na sala de estar de gente abastada, feitas para representar animais queridos e domesticados; oh como o sr. Sweet odiava a sra. Sweet: ela parecia alguma coisa de comer, mas no fim das contas você acabaria odiando até mesmo o pensamento de comer; e ele podia ver seu corpulento e mais que bem alimentado corpo morto nas colinas de Montana ou Vermont ou algum lugar do tipo, você sabe, onde as folhas estão ficando douradas, amareladas, vermelhas, pois estão prestes a cair no chão e se tornar uma metáfora, e metáforas são o verdadeiro reino de um criador. Mas justo então, como se ela estivesse vendo agora, tão claramente quanto se estivesse no presente, a sra. Sweet teve uma lembrança de sua velha amiga Matt, que era gerente de um armazém que vendia queijos especiais e presuntos especiais e iogurtes especiais e todo tipo de coisas especiais necessárias para preparar uma boa receita tirada de um livro de culinária escrito por Marcella Hazan ou Paula Peck ou Elizabeth David. E Matt, que vivia com alguém chamado Dan ou Jim, a sra. Sweet não podia recordar com precisão de seu nome logo então, só que ele falava de forma brilhante sobre o clima, sobre a atmosfera, naturalmente, fisicamente na qual nós todos viveríamos Então, e Agora também. Matt deu para a sra. Sweet várias receitas de pão de milho: Edna Lewis, uma cozinheira cuja família guardava origens na sociedade escravocrata da Virgínia; Nika Hazelton, cuja receita de pão de milho Matt adaptou tanto que a sra. Sweet acabou perdendo todo o interesse pela original, pois ela amava Matt não da mesma forma que amava o sr. Sweet ou o jovem Héracles; mas seu amor por Matt era uma exceção, a sra. Sweet amava sua amiga. Mas pode o amor, por ele mesmo, isolado, ser entendido ou mesmo acreditado?

Mas o telefone tocou e o sr. Sweet atendeu e era alguém de uma companhia de serviços — uma entre as muitas no mundo como conhecemos agora — alguém de uma companhia que fornecia um componente essencial para manter o lar dos Sweet como um lugar razoavelmente confortável. O sr. Sweet deu respostas tranquilizadoras, explicando os atrasos no pagamento de forma a não revelar a verdade de que os Sweet não podiam pagar as contas no momento, e o fez com tanta convicção e de qualquer forma o que ele dizia era acreditado, e essa falsidade convincente fez o sr. Sweet se sentir como se estivesse livre da culpa de um assassinato; não do assassinato da sra. Sweet ou do jovem Héracles, pois ele só desejava matá-los, não assassiná-los.

E assim se passou no momento, os Sweet, sr. e sra., com suas respectivas posições em relação ao jovem filho, partindo de diferentes perspectivas, o menino ali em seu berço, vestido com sua pequena túnica forjada com propósito amoroso pela sra. Sweet, sua túnica que era um escudo contra os elementos naturais dos quais uma criança recém-nascida deve ser protegida. Mas o sr. Sweet estava muito irritado, pois as contas e tais assuntos cotidianos interferiam na forma como ele pensava que o mundo, você sabe, o cotidiano, deveria progredir: por exemplo, quando você, ou qualquer pessoa aliás, aciona o interruptor, a luz, no teto ou numa luminária em cima de uma mesa, liga; quando queria água quente para um café (ele gostava de café instantâneo, Maxwell House), bastava acender o fogão e uma chama brilhante apareceria e esquentaria a água e então ele teria sua bebida e era assim que o sr. Sweet começava todos os dias; quando queria ligar para sua mãe e para o seu pai, que naquela época estavam num túmulo, ele pegava o telefone e discava: quem devia pagar por tudo isso, quem devia pagar pela vida em si, era uma questão que preocupava tanto a sra. Sweet e por que o sr. Sweet não a conhecia, não sabia quem ela realmente era, ele não sabia que ela era um vírus, o resfriado que nos deprime no verão.

Eu a odeio, pensou o sr. Sweet, mas ela foi ondulando na direção dele numa longa camisola branca que havia comprado na Laura Ashley na rua 57 entre a Quinta Avenida e a Madison em Nova York; o valor da roupa pagava um mês de ligações para os parentes dela que moravam longe, ou um dia de remédios que mantêm uma pessoa padecendo de aids viva por semanas então, ou os honorários dos copistas que copiavam a mixórdia complicada de notas que o sr. Sweet chamava de música. Aquela camisola, de um tecido tão leve, pois era feita de algodão egípcio, tão romântica na imaginação da pessoa que a fez e que mais tarde veio a falecer depois de cair da escada, poderia muito facilmente ser transformada em uma forca, mas como fazer a sra. Sweet colocar o pescoço nela? O sr. Sweet entrou no quarto, olhou para o bebê Héracles, e beijou sua esposa. Agora Veja Então, Então Veja Agora, ver qualquer coisa, especialmente o presente, é sempre estar dentro do grande mundo do desastre, da catástrofe, e também da alegria e da felicidade, mas as duas últimas não são levadas em conta na história, foram e são relegadas à memória pessoal. E ela voltou a olhar para o filho deitado em sua caminha e em nenhuma ordem em particular e também todos de uma vez aqueles pensamentos e sentimentos entrelaçados tomaram conta dela. A episiotomia, uma ferida necessária aberta pela doutora (Barbara era o nome) a cargo do parto seguro do jovem Héracles, causou na sra. Sweet muita dor, uma dor que ela jamais tinha imaginado, mas devia ter uma memória dela pois aquele mesmo talho havia sido feito em sua vagina quando ela estava parindo a irmã do menino, mas esse tipo de dor, esse tipo particular de dor, de ter outra pessoa vivendo confortavelmente dentro de você e que então, depois de um tempo, se força a sair para o mundo, e no processo dilacera seu corpo, e você vai amá-la mais do que qualquer outra pessoa, essa dor, tanta dor, que às vezes tem uma textura, áspera, ondulante, aguda e ardente, intermitente, então dormente e fria e constante.

As cortinas estavam baixadas mas ainda assim a sra. Sweet podia ver através delas que a luz na Casa Amarela, uma casa pintada de um amarelo tão claro e imaculado de qualquer outra cor, uma cor amarela que a sra. Sweet viu uma vez na Finlândia e na Estônia, lugares nem um pouco próximos do equador; na Casa Amarela morava uma família, uma mãe, um pai e seis crianças e todas as seis crianças eram tão bem ajustadas à vida como ela era, tão bem-comportadas, tão educadas, tão gentis (havia quatro meninas e dois meninos e dos meninos nunca se soube que tenham afogado um hamster só para ver como seria ou cortado os bigodes de um gato e largar o bicho sozinho na floresta para ver como seria), que a sra. Sweet desejou que sua família — o sr. Sweet, Perséfone, o jovem Héracles — fosse como as crianças da família que morava na Casa Amarela e o sobrenome deles era Arctic. Até os treze anos de idade a sra. Sweet molhava a cama toda noite e isso a fazia ter medo de dormir até agora, este agora, e é por isso que ela conta um rebanho de ovelhas imaginário enquanto tenta dormir toda noite e falha e assim engole um comprimido de temazepam. Todo Halloween o sr. Arctic se transformava em uma mulher muito atraente, as pernas depiladas e as axilas também, que podiam ser vistas pois ele vestia meia-calça e um vestido dramaticamente sem mangas; e ele calçava sapatos de saltos muito altos, tão altos que faziam a sra. Sweet rir, ela via sapatos desse tipo como uma forma de diversão, que mesmo quando mulheres os calçavam a ideia era fazer todas as pessoas que viam rir, não abertamente, não em segredo, não ao mesmo tempo, mas era o caso de dizerem a si mesmas, que engraçado. Mas esse era o sr. Arctic, que em todo Halloween vestia uma fantasia composta de um vestido e uma bela peruca e brincos e pulseiras e pérolas falsas e meia-calça (arrastão às vezes, cor de pele ou nenhuma em outras); e às vezes quando a sra. Sweet o via, pois isso aconteceu ano após ano, durante um bom tempo, e dessa vez ano após ano, um bom tempo, seriam cinco anos, o que para a sra. Sweet era um para sempre; ela se perguntava: como ele faz isso? O que a esposa dele pensa? Suas crianças, todas as seis, quatro meninas, dois meninos, gostam de ver o pai delas, tão incomum em nosso mundinho confinado e definido pela presença da casa de Shirley Jackson, se parecendo mais como uma bela mulher do que a maioria das belas mulheres consegue parecer, e nos pedindo para encontrar nisso nada mais que prazer, prazer e mais prazer? E a cada ano, depois que o sr. Arctic e o sr. Sweet levavam as crianças para pedir doces, a sra. Sweet se sentava com o sr. Arctic na mesa da sala de jantar e eles bebiam rum Cavalier em copinhos de vidro.

Toda manhã é a manhã seguinte da noite anterior: e a noite anterior é Agora e Então ao mesmo tempo que a manhã depois da noite anterior: o jovem Héracles chorando alto, como se quisesse acordar o mundo inteiro, e a sra. Sweet tinha que dar a ele o leite daqueles sacos presos ao seu peito e Héracles bebia dela como se ele fosse a própria terra em que a chuva não caía há três, sete ou dez anos.

E todo o tempo da época do nascimento até a então infância do jovem Héracles o sr. Sweet dormiu, ignorando sua esposa e sua bela camisola, dormindo entre os choros débeis do bebê, embora qualquer um que passasse pudesse perceber esse choro como os gritos saídos da garganta de um exército de homens assassinos, dispostos a matar ou morrer, ele dormia em paz, em contentamento, num estado de sono que qualquer cientista que tenha estudado o sono declararia ideal, perfeito, um estado de sono que poderia ser prescrito universalmente. E ele passava as noites dormindo, pleno no mundo dos sonhos, sonhando com um universo em que cada um dos seres conscientes seria um triunfo e tudo o que imaginavam ser era tudo o que seriam; e havia harmonia em questões de todo tipo: físicas, emocionais, mentais; e nesse universo, a sra. Sweet amava muito o marido até o fim dos tempos e os tempos nunca acabariam. Ao lado dela estava o seu corpo, do tamanho de um jovem príncipe Tudor, enterrado em lençóis brancos de algodão comprados em algum lugar e um cobertor e um edredom, todos envoltos nele de forma que ele parecia uma relíquia sagrada viva e respirando, um sarcófago, perdido para o mundo dela, o mundo no qual ela morava na casa de Shirley Jackson e além, perdido para os Arctic, para os Elwell, para os Jenning, cujo filho mentalmente instável afogou o cachorro deles em urina que ele havia coletado de diversas fontes, e os Pembroke mandando seus empregados para cortar a grama; e os Atlas, que moravam numa casa perto do rio Walloomsac; e os Woolmington, que a sra. Sweet amava, pois a mera existência deles fazia de sua vida uma alegria; os Joseph, que saíam para caçar em todas as temporadas de caça e voltavam com um veado morto e então depois de tirar sua pele o penduravam na porta do celeiro, uma exibição para adoração comunitária; e essa cena de caça a veados Homero admitia Agora e Então, e então havia as duas senhoras que vendiam jornais, ou assim diziam elas, mas também vendiam uma coleção de revistas com títulos variados dedicadas a motocicletas, e as ilustrações que acompanhavam os artigos eram diversas fotos de mulheres nuas em posições que fariam qualquer um querer fazer sexo com elas; e então havia os outros, famílias que experimentavam felicidade e desespero, mas logo então, justo então. Na aurora a sra. Sweet já estava acordada, fora da cama, e olhava ao redor e sem ver nada de fato, ou vendo a cama onde estava deitada, o marido a seu lado, o sol prestes a derramar muito de si no dia, sem choro de fome ou nenhuma outra necessidade profunda e essencial vindo do recém-nascido Héracles, os pássaros cantando, os morcegos, cujos voos graciosos no desconhecido e portanto no ar sem matéria assustavam a sra. Sweet, voltando para seja lá onde se escondessem durante o dia; o ronco dos motores de carros com passageiros indo para algum destino que compunha o mundo no qual os Sweet e seus conhecidos, ou pessoas das quais dependiam, soava muito alto e então disparava feito o som de um instrumento de sopro muito elaborado, com sua base descansando no chão e a pessoa que toca devendo estar sentada numa poltrona robusta; a sra. Sweet queria fazer uma xícara de café, mas foi alertada de que um ingrediente essencial para essa deliciosa bebida poderia prejudicar o desenvolvimento de um recém-nascido se saísse no leite de seu peito, e assim a sra. Sweet fez uma xícara de chá com folhas frescas de hortelã que pegou num canteiro inerradicável de hortelãs e deixou em infusão na água aquecida na chaleira elétrica frágil que ela e o sr. Sweet compraram no Kmart, e bebeu o chá quando achou que estava bom para beber.

Oh, que manhã foi essa, a primeira manhã em que a sra. Sweet acordou antes do bebê Héracles com seus choros nervosos, declarando sua fome, o desconforto de sua fralda molhada, o próprio agravamento de ser novo e estar no mundo; os raios do sol banhavam o justo e o injusto, o belo e o feio, causando a evaporação do inocente orvalho; o sol, o orvalho, a pequena queda-d'água ao lado do corpo de bombeiros do vilarejo rugindo, embora apenas uma imitação do rugido de uma queda-d'água de verdade; o cheiro de alguma flor, fraco, como se a flor tivesse desfraldado suas pétalas pela primeira vez: oh que manhã! Um tempo para refletir, relembrar o passado, aquela forma de ver o Então Agora: uma tarde de inverno, meados de fevereiro, e a sra. Sweet ainda não era a sra. Sweet, embora ela e o sr. Sweet estivessem casados então, ela ainda era jovem e tinha uma personalidade que ainda não era a sra. Sweet; ela usava roupas estranhas, vestidos que anos atrás estiveram na moda entre as donas de casa que viviam naquela área chamada Grandes Planícies e que elas mesmas costuravam a partir de moldes que encomendavam e recebiam pelo correio. A sra. Sweet encontrava essas roupas em lojas chamadas Enid's, Harriet Love, lojas que vendiam roupas velhas que um dia estiveram na moda, e outras coisas também: uma luminária, uma poltrona, uma escrivaninha, sua máquina de escrever, copos para beber água e xícaras de café, panelas de ferro, uma mesa com o tampo branco pintado com grossas camadas de esmalte branco, e muitas outras coisas, todas úteis e que haviam sido usadas por pessoas que há não muito tempo ainda estavam vivas, eram coisas de segunda mão, ou terceira mão, numerosas mãos desconhecidas as tinham reivindicado antes — sim, tudo com o que a sra. Sweet vivia em seu Então tinha um Então antes dela; agora, ela sorriu, não para si mesma, ela sorriu aberto, seus lábios grossos e largos se espalhando pelo rosto, e ver isso seria ver a definição de alegria ou um retrato da felicidade ou uma pessoa se divertindo plenamente; e uma tarde num inverno que apareceu inesperadamente para a sra. Sweet no começo da manhã — Então, Agora — a fez se lembrar da cor da luz do sol que brilhava nas paredes de concreto de um prédio vazio que ela podia ver sentada em sua escrivaninha usada, em sua cadeira usada, diante da máquina de escrever usada e tentando ver um Então — pois há sempre um Então para ver Agora — a luz era de um malva suave (embora ela pensasse no malva como um roxo claro), como uma pedra semipreciosa (ametista), como um campo de lavanda (*L. officinalis*) que não fora colhido... e na época, então, a sra. Sweet se dissolveu numa doce tristeza, pois ela não podia encontrar nenhum outro símile para a luz que batia na parede do prédio vazio e ela se sentou e escreveu um conto sobre sua infância e encheu não mais que três páginas, pois justo então ela só podia suportar a memória de sua infância por essa quantidade de tempo e espaço.

Mas aquela manhã foi só o começo do dia, e depois de observar as rápidas passagens em direção aos destinos premeditados de muitas entre as pessoas que fizeram sua vida correr suave (não menos difícil), e depois de experimentar um momento do Então, Agora (a lembrança de ser jovem e morar em Nova York, no número 284 da Hudson Street, ter se casado com o sr. Sweet, estar apaixonada por ele e por tudo o que ele sabia, pois ele compreendia tão bem as diversas teorias, as teorias que compunham o Agora dela). E então o adorável, histérico, desesperador e irritante choro do jovem Héracles alcançou seus ouvidos, não num movimento sinuoso mas como um raio desferido por um deus, então o sr. Sweet chegou e perguntou se ela poderia lhe preparar de café da manhã uma torrada Chernobyl (ele gostava de suas torradas queimadas), uma tigela de Cheerios com pêssegos enlatados e uma xícara de café instantâneo Maxwell House com leite desnatado. O bebê, disse a sra. Sweet para o sr. Sweet. O bebê? ele respondeu e então disse, oh sim, pobre Héracles, sonhei com ele à noite, e a sra. Sweet subiu às pressas a escada da casa de Shirley Jackson, foi até o quarto no qual o jovem Héracles estava deitado em seu bercinho, o pegou no colo e o levou ao peito, onde ficavam os transbordantes sacos de leite. Héracles bebeu deles com uma ferocidade possível apenas numa fábula, bebeu deles como se o futuro de alguma grandiosa mas ainda desconhecida civilização dependesse desse ato, bebeu como se soubesse que havia um Então e um Agora, e um Agora do qual um Então poderia surgir, o tempo se encontrando totalmente além da compreensão humana. E a sra. Sweet estava esgotada, exausta, exaurida, mas como ela amava o jovem Héracles ali olhando para ele e ele sem saber que sua vida dependia dela.

4

Salve o jovem Héracles, disse a sra. Sweet consigo e então repetiu em um sussurro nas orelhas de seu precioso filho (pois isto é o que ele era, seu precioso filho), e ela o segurou nos braços e o beijou e então o jogou para o alto e o pegou firme e o ergueu e olhou nos olhos dele e os dois riram na cara um do outro. Nos olhos dele então a sra. Sweet pôde ver seu próprio eu refletido: ela era quase tão grande quanto um galpão médio de jardim, assim ela disse consigo, embora o sr. Sweet tivesse dito que ela se parecia com Charles Laughton quando interpretou o capitão de um navio que navegava o Pacífico Sul com uma carga de mudas e cuja tripulação se amotinou. A sra. Sweet conhecia o filme muito bem, pois a carga do navio quando do motim da tripulação era fruta-pão, um item básico na dieta da sra. Sweet quando criança, e fora um item básico na dieta de crianças nascidas gerações antes da dela e todas essas crianças odiavam o alimento. Então, quando criança, a sra. Sweet era muito magra e sua mãe, ela não teve pai, se preocupava muito com ela. Sua mãe, acreditando que fígado de vaca cru fortaleceria a sra. Sweet criança, procurou a carne com um açougueiro com quem tinha feito amizade no mercado de carnes; sua mãe ralava cenouras com um ralador feito por um velho português, um homem que fazia coisas do tipo, e também soldava latas velhas para uso doméstico: xícaras, panelas, penicos, coisas do tipo; e espremia o suco das cenouras raladas e fazia a menina, que ainda não era a sra. Sweet, beber. E assim, quando o sr. Sweet comparava sua forma corporal, depois do nascimento do jovem Héracles, à do capitão daquele navio horrível, a sra. Sweet quase chorava, mas então o sr. Sweet ria do comentário, ele quase sempre achava que tinha dito a coisa mais engraçada jamais dita na história das coisas engraçadas já ditas, quando logo então e agora mesmo ele não fizera nada disso.

Mas sem realmente se importar com nada disso então, que é agora mesmo, pois o Agora será o Então e o Então está acontecendo neste exato momento: a sra. Sweet segurava o jovem Héracles bem perto dela e beijou o topo de sua cabeça e então suas bochechas e a boca e os olhos (quando o jovem Héracles viu os lábios dela se aproximando daquele jeito, ele os fechou) e as orelhas dele e então seu queixinho e o pescoço rechonchudos e então seu peito e então ela enterrou a cara toda na barriga dele e com a boca fez sons parecidos com um peido ou com o guincho de um porco em tormento ou um palhaço rindo de uma forma que assustava as crianças e que ela havia contratado para entretê-las. Mas o jovem Héracles adorava tudo isso, beijos e sons e em particular ele adorava o cheiro de sua mãe, pois para ele ela não se parecia nem cheirava como o capitão de nada; ele adorava seu rosto pairando acima dele: os olhos pretos, escuros como uma noite ainda por ser inventada, escuros como que à espera de atribuir um significado para a luz, tão pretos que faziam a própria luz desaparecer para sempre; o nariz como o nariz de um mamífero aquático; as bochechas como o topo de um coque; e os lábios e a boca tão grandes, como se juntos limitassem uma expansão geográfica desconhecida. Assim se parecia o rosto da sra. Sweet para o jovem Héracles, ainda um bebê, ainda incapaz de andar, só sentar sozinho sem precisar ser cercado e escorado por travesseiros e almofadas e às vezes o grande corpo de sua mãe, que era o rosto dela pairando lá em cima, e às vezes, quando ela o segurava no alto, com ele mesmo pairando acima dela. E ele chamou sua mãe de sra. Sweet, pois ela lhe parecia ser tão doce, como se fosse algo de comer, e então ele a chamou de Mamãe, sabendo sem saber que um dia bebeu leite do peito dela, seu único alimento então, sua fonte exclusiva de nutrição.

O jovem Héracles passou pelos estágios de engatinhar, embora fosse muito desajeitado nisso, e de tentar sentar, e depois de muitas tentativas, um dia ele conseguiu; e então não muito depois, ele já atravessava um cômodo sozinho, embora na época, Então, ele não caminhasse da forma como se considera caminhar, em vez disso se projetava pelo cômodo no qual estava, de um lado até o outro e quando conseguia alcançar a posição oposta daquela da qual partiu ele explodia em risadas e batia palmas de alegria, tão orgulhoso ficava de seu próprio feito. A sra. Sweet compartilhava de sua alegria, como não, se ela o amava tanto! Quando um dia o sr. Sweet observou esse ato, perguntou depois para a sra. Sweet se talvez Héracles não devia se consultar com um especialista, pois a forma como ele se lançou pelo cômodo pareceu anormal. A sra. Sweet disse, hmmmmmh! e roeu as unhas até a carne, como pagar a enorme conta de aquecimento da Greene's Oil e a conta de luz da Central Vermont Public Service. Pois como eles iriam viver? a sra. Sweet se perguntou e então olhou para os céus e de quando em quando um grande cheque cairia do céu azul muito limpo e esse cheque seria nominal a ela; e então mais uma vez, de quando em quando, o carteiro entregaria muitos envelopes lacrados e quando os envelopes eram endereçados para a sra. Sweet, inevitavelmente conteriam cheques endossados para aquela entidade parecida com Charles Laughton. O sr. Sweet também olharia para o céu e veria os envelopes brancos caindo de seu incontestável azul para a terra, e todos os envelopes seriam endereçados à sra. Sweet; o sr. Sweet interceptaria o carteiro justo quando ele estivesse prestes a depositar todas as correspondências dos Sweet na caixa de correio deles, e todos os envelopes seriam endereçados para a sra. Sweet e alguns deles conteriam cheques endossados para a sra. Sweet. Aqui, são todas para você, o sr. Sweet diria, jogando a correspondência na mesa de jantar, sem se importar com a forma como iriam cair, em que ordem, e consigo ele diria, "Que mulher imprestável", mas a sra. Sweet nunca ouviria isso, pois o sr. Sweet diria isso para si mesmo, ele dizia tantas coisas para ele mesmo e apenas ele, apenas ele, ouvia a si mesmo dizendo essas coisas.

Logo Héracles poderia andar normalmente, um pé, não em paralelo, diante do outro, cada um deles lhe dando equilíbrio, e ele fez isso com boas gargalhadas e outras exclamações de alegria! E ele ia de um cômodo a outro sem inibição, e em sua alegria ele gritava, "Consegui, consegui", e tal declaração intrigou a sra. Sweet, pois o que significava "Consegui, consegui", e o triunfo de Héracles, pois ele havia se libertado das fronteiras entre a cozinha e a sala de jantar e a sala de estar e as portas que levavam até lá fora, onde havia uma rua com carros indo e vindo de destinos desconhecidos com seus motoristas descuidados da ocasional presença do jovem Héracles; esse triunfo de Héracles era um tal mistério para a sra. Sweet. Mas o sr. Sweet olhou para o estrago feito quando aquela criancinha, de não mais que um ano de idade, ia de um cômodo a outro, em seu esforço heroico, seu corpo forte jogando a mobília pela janela, rasgando as cortinas e fazendo-as em pedaços como se fossem lenços de papel, vomitando seus vegetais meio digeridos por todo o sofá branco só por diversão: e ele pensou, que inferno! qual é o problema com essa criança! de onde diabos ela saiu! Pois aquele menino, o jovem Héracles, poderia morrer se não fosse contido nos cômodos da casa de Shirley Jackson, com seu quintal separando a casa da rua agitada, e o sr. Sweet não desejava isto: que o jovem Héracles fosse atropelado e morto por um carro dirigido por um bêbado ou algum adolescente enquanto Héracles em êxtase vagasse pela bela estrada rural, sem ser notado pela sua querida mãe, a adorável sra. Sweet, ele não desejava isso, não mesmo. E assim o sr. Sweet foi até a Ames, uma loja de departamento que então vendia muitas coisas úteis por um preço que os Sweet podiam pagar, e comprou uma série de dispositivos de segurança, barreiras expansíveis, as quais quando colocadas entre dois batentes bloqueavam a passagem de um cômodo ao outro, e ele também comprou travas para os armários que continham substâncias perigosas, na cozinha, no banheiro e em outros ambientes apropriados, e essas travas eram tão complicadas que apenas uma pessoa adulta era capaz de abri-las. Mas aí vem o jovem Héracles! E seus dedos tão grossos e aparentemente desajeitados eram tão inteligentes que sabiam como destravar os armários que continham os líquidos venenosos e que podiam ser ingeridos por uma criança e ele era tão forte que, em disparada, se jogou contra os portõezinhos, que cederam, e o sr. Sweet fugiu dele, de sua criança, ele era o pai do jovem Héracles, em desespero. Ele ansiava por vê-los mortos, ou paralisados de uma forma permanente, não exatamente mortos só paralisados, o jovem Héracles e sua esposa a sra. Sweet; se ao menos uma mão enorme surgisse para detê-los, a mãe e seu filho, pois como ela adorava a forma como o menino podia destruir os portõezinhos, e como se maravilhava com a forma como os dedos espertos dele podiam desarmar as travas que eram à prova de crianças, que tinham sido instaladas nos armários e portas e em tudo o mais que pudesse apresentar risco de vida para o jovem Héracles; quão inacreditável era para ele agora e então, ver sua amada sra. Sweet — outrora pelo menos, pois ele deve tê-la amado quando moravam sós e juntos no número 284 da Hudson Street sem Héracles e sem aquela filha, agora cuidadosamente escondida no bolso dele, fora da vista da mãe — Perséfone era o nome dela — escravizada por uma criança, nem isso, um bebê que só fazia cambalear pelo chão de um cômodo a outro, e desmantelar as barreiras que o impediam de ir de um cômodo a outro, e abrir os armários que continham produtos de limpeza venenosos e coisas do tipo, e se ele os bebesse poderia morrer. Mas o jovem Héracles nunca bebia os produtos de limpeza venenosos, e nunca saiu correndo pela rua agitada bem no momento que um adolescente distraído num carro esporte feito de grafite, um presente de formatura de seus pais, dois profissionais que ganhavam um salário que lhes permitia dar um presente desses para aquele menino descuidado, o filho deles, passava. E sua mãe, sua amada sra. Sweet, o amava mais do que se pode imaginar, então ou agora.

Oh e mais oh, o tempo todo, Agora e Então, o sr. Sweet vinha trabalhando numa sinfonia, compondo uma peça musical que reuniu muitos modos sonoros diferentes e até conflituosos: melodias cantadas por residentes de um mosteiro, uma abadia, em meados da Idade Média, e nesses lugares o sexo era proibido mas partilhado contudo; partes de refrões (uma palavra, uma ideia, refrões que a sra. Sweet não entendia muito bem) tocados no piano por descendentes de escravos que, sem querer, se viram em Nova Orleans ou numa cidade do Alabama ou numa cidade às margens do rio Mississippi; repetições de uma coda de Mozart e Bach e Beethoven (ou assim a sra. Sweet entendia, mas seu entendimento não se isenta de mal-entendidos), e então a coisa toda terminava em uma calamidade de sons e melodias e emoções e o público depois de ouvir se levantaria das cadeiras e bateria palmas e daria vivas, pois o público era composto pelos amigos do sr. e da sra. Sweet, que se encontravam no mesmo dilema: apenas eles, cada um deles, saudavam e saudavam uns aos outros em suas empresas mais ousadas, tentativas de representar o mundo conhecido de uma nova forma e esperando persuadir todos os seus habitantes, ou pelo menos seus vizinhos (no caso imediato dos Sweet, seriam as pessoas que viviam naquele vilarejo da Nova Inglaterra), aquelas coisas — as artes em particular — estavam em constante fluxo e esse fluxo era a própria essência da vida, e viver desse modo significava estar em contato com o inefável, o divino. E o sr. Sweet tinha trabalhado com devoção nessa sinfonia, desde antes do nascimento do jovem Héracles, durante o tempo em que a sra. Sweet carregava o jovem Héracles na barriga, com um grande custo pessoal para ela, que sofreu: ainda em seu útero, o jovem Héracles muitas vezes adormecia a contento, mas de tal forma que acabava pressionando uma importante terminação nervosa na perna dela, o nervo ciático; e o sr. Sweet se devotava a sua sinfonia de modos melódicos contrastantes e contraditórios e assim por diante, então, agora, e também pouco antes de o então se tornar o seu agora — e isso não lhe importava, o desconforto da sra. Sweet ao carregar o jovem Héracles, e elas então e agora não interessavam ao mundo, suas composições.

Como a sra. Sweet amava as criações do marido! Quando ele as tocava para ela em seu pianoforte, a sra. Sweet não as entendia, é verdade, da forma como o sr. Sweet entendia quando compunha essas obras-primas musicais — indecifráveis para os mentalmente atrasados (que seriam aqueles que não entendem a teoria da relatividade, e a sra. Sweet estava entre eles), mas alucinantes para os seus amigos — um mundo feito dos amigos do sr. Sweet mesmo antes de seu nascimento — e a sra. Sweet amava tanto o sr. Sweet que se fez uma parte essencial do Então dele e o entrelaçou ao seu próprio: Agora. As fugas de boogie-woogie, *dans la sueur*, transformando-se para ela num calipso, uma banda de tambores de aço, de ferro, o som de duas mulheres brigando por um homem que amavam mas que não as amava, em plena rua na capital de uma ilha, a capital deve ter uma catedral. Como o sr. Sweet se tornou parte dela! E da forma como todas as partes da pessoa que você ama se entrelaçam profundamente ao seu próprio eu: o coração dela com o seu, os lábios dela com os seus, os dedos das mãos e dos pés dela com os seus, o Agora, o então dela com os seus — é assim que as pessoas e você fazem filhos! E então, logo então, a sra. Sweet chorou, não de arrependimento mas de alegria por algo que ela não entendia, e repleta de sentimentos de alegria e de seu amor pelo sr. Sweet, que ficava num pequeno cômodo em cima da garagem sozinho, contente em fazer música com a lira, uma música que ninguém queria ouvir, ninguém no mundo inteiro, nem mesmo essa mulher maravilhosa, pois era uma música que ela não podia entender, e se a música tivesse sido composta pelo seu membro favorito do reino vegetal, ela a teria considerado uma falha, uma falha sendo o ingrediente necessário da perfeição e também do amor. Mas ela amava tanto o sr. Sweet, o pai de seu grande amado jovem Héracles e de sua grande amada Perséfone também, um bom homem, criando algo do nada, inventando uma entidade, um império sonoro — uma sinfonia, uma fuga, especialmente uma fuga: textura polifônica fragmentada, longa, uma conflagração, e então tons harmônicos e expandidos e então tudo reunido em um procedimento primoroso! BANG!... BANG!... BANG!... e a sra. Sweet entrava totalmente nisso, que é a forma como o jovem Héracles colocaria então, com seus catorze ou quinze anos, e nos anos antes de ir para a faculdade: Tô dentro, o que significava "sim", apenas "sim" e simplesmente "sim"! E essa era a palavra que vinha à cabeça da sra. Sweet quando ela pensava em suas fugas e sinfonias e apresentações de coral e composições para piano a quatro mãos e músicas com as quais ninguém se importava, nem mesmo o sr. Sweet, que compunha essas músicas; embora ao mesmo tempo ele fosse tão cheio de si, tão confiante para dizer de maneira exata, e duvidar de si mesmo ou dar espaço para a dúvida nunca havia passado pela cabeça dele. E a sra. Sweet amava pensar em como quando criança, do tamanho de uma criança da era Tudor, o sr. Sweet acompanhava sua mãe e seu pai para ouvir orquestras e corais inteiros tocando e cantando as músicas de Johann Sebastian Bach, Amadeus Mozart, César Franck, pois ela cresceu no tempo do calipso, cujos músicos tinham nomes como Lord Executor, Attila the Hun, Mighty Sparrow, e uma banda de tambores de aço chamada Hell's Gate.

Então a sra. Sweet amava o marido, seus dois filhos — Agora, Então — a menina, que o sr. Sweet tornou sua companhia próxima e mantinha escondida da sra. Sweet entre suas notas musicais; o menino, o jovem Héracles, que crescia tão rápido, primeiro superando a necessidade de usar fraldas, e então não mais precisando ser confortado pela visão de homens operando máquinas grandes e barulhentas, não mais animado pela visão do limpa-neve abrindo caminho por uma nevasca, não mais perdendo o equilíbrio quando andava rápido demais, não mais pronunciando mal as palavras, não mais um infante, apenas um menino, um garotinho crescendo rápido, todo o seu Agora se tornando Então, todo o seu Agora um Então por vir. E ela os amava e os amava e pensava no seu amor por eles como uma forma de oxigênio, uma coisa sem a qual eles morreriam.

Mas agora, o então fez isto da sra. Sweet e do sr. Sweet: a voz dela em particular o irritava, especialmente seu som, pois ela gostava de cantar no tom agudo de um menino e ela não era um menino, era uma mulher, e a voz dela soava como a voz de um menino; ela não era um soprano, era a esposa dele, tão comum quanto peixe ou carne ou vegetais em seu prato no jantar, ou como o carteiro que trazia as contas das companhias de serviços. A sra. Sweet não era cantora, ninguém considerava sua voz, quando de repente irrompia em uma canção, uma alegria, um prazer, alguma coisa pela qual ansiar; apenas Héracles amava a voz dela quando lia de um jeito monótono os livros *Boa noite, lua* ou *Harold e o giz de cera roxo* ou *Não pule na cama* e então, ele — Héracles — dizia, "Oh Mamãe, leia de novo", e quando ela lia, quando chegava no fim, ele estava roncando, alto e de uma forma que a sra. Sweet nunca tinha ouvido antes, ela ria histericamente para si mesma, mas sorria, se você a estivesse observando. Mas com certeza ela não podia cantar de uma forma que pudesse agradar ao sr. Sweet, um homem que quando menino fora levado a lugares pela mãe e pelo pai onde eles ouviam pessoas ensaiando canto em vários modos: alto, soprano e todo o seu intervalo formal; a sra. Sweet cantava como uma leiteira, como uma menina cantando para animais domesticados, numa tentativa de distrair tanto os animais quanto a menina da realidade da situação — vida e sustento e morte e jantar! E para o sr. Sweet, a voz dela e tudo o que continha, tudo aquilo que o fazia lembrar, todas as coisas do mundo da música que ele aprendeu a conhecer e entender, essa cantoria dela era uma violação: quer dizer, um sinônimo, como um crime digno de ser conduzido a uma corte de justiça constituída pelo mundo da cultura e da civilização, seja lá o que for isso, pensou a sra. Sweet consigo, sempre consigo ela pensava esse tipo de coisa. O som da voz dela, enquanto lia para o jovem Héracles, fazia o sr. Sweet querer matá-la, pegar um machado (quando criança, ele morou em um apartamento e nunca tinha visto uma coisa dessas) e cortar a cabeça dela fora e então fazer o resto de corpo em pedacinhos, pedacinhos tão pequenos que um corvo poderia devorá-los com prazer, sem nunca ter de que se preocupar com o tamanho dos bocados que devorava. A voz da sra. Sweet, a voz dela! Tão repugnante... o som da voz dela muitas vezes fazia o sr. Sweet querer se esvaziar dos conteúdos de seu próprio estômago ou remover seu estômago inteiro mas é claro ele não poderia viver sem seu estômago; sua voz, a voz da sra. Sweet, tão cheia de amor por tudo e todos que ela amava, tão repulsiva para o sr. Sweet, pois ele não a amava; o som da voz dela o fazia lembrar de uma única unha arranhando uma vidraça; o som de uma espátula de aço arranhando o fundo de uma frigideira enquanto um ovo frito perfeito era tirado dela para ser colocado em um prato no café da manhã; e com essa voz ela gostava de cantar "Beauty's only skin deep, yeah, yeah, yeah".

Mas agora, pois o sr. Sweet ainda levava a sra. Sweet em consideração, a voz dela era como um alarme indesejado num dia no início da semana; um farol vermelho numa estrada sinuosa tranquila, lisa, longa e fácil através de alguns montes verdes — a voz dela era o farol vermelho, irritando e interrompendo tudo o que era prazeroso: um exemplo disso sendo o bem-estar do sr. Sweet. Ela era tão aborrecida, aquela mulher que era sua esposa, ainda agora, no tempo depois que o jovem Héracles veio ao mundo: seu peito eram dois sacos cheios de leite, cujo conteúdo era consumido por aquela nova pessoa, o jovem Héracles; seu tronco era como o de uma árvore muito velha — um bordo — cujos troncos curiosamente gêmeos eram tudo o que restara de uma tempestade violenta que abrira um grande talho numa encosta, num vale, num campo e assim por diante; seus pés grandes e gordos só cabiam nas sandálias Birkenstock; a cabeça dela, o que lhe trazia à mente a voz da mulher, que residia em algum lugar dentro da cabeça dela — e com esse pensamento, o sr. Sweet vasculhou cuidadosamente as muitas óperas ou peças que sabia de cor ou sua própria memória pessoal — como seja, ele odiava o som da voz dela quando a ouvia, falando com ele ou lendo uma história antes de dormir para as crianças, e o sr. Sweet odiava o som da voz dela, pois ela não podia cantar no tom certo as músicas das quais gostava, "This Old Heart of Mine" em particular, e ele odiava o som da voz dela por razões nada razoáveis, o som das partes tenras de uma vaca delicadamente cozidas preso em suas mandíbulas — ela estava comendo um bife, era o som da sua mastigação. Ele a amava, oh sim, sim, ele a amava, e a odiava, especialmente pela forma como ela fazia as coisas, pequenas coisas, coisas necessárias: como sair da cama no meio da noite para mijar.

Mas o sr. Sweet costumava gostar muito da companhia dela, pois ele tinha a estatura de um príncipe da era Tudor e a habilidade de achar que o resto do mundo existia para satisfazer seus interesses ou para ser vulnerável aos seus interesses e todos os seus interesses lhe pertenciam; sim, sim, na vida do espírito ele costumava amá-la e apreciar o modo como ela usava frutas e vegetais como roupas de verdade, o modo como ela se lançava na frente dos carros, certa de que parariam antes de transformar sua bela forma humana em alguma coisa pastosa, morta, em algo rapidamente esquecido; o modo como ela julgava extraordinária a coisa mais simples: uma vez ela pegou quarenta e seis ratos em armadilhas que havia armado e então não conseguiu acreditar que tanto de uma coisa que ela odiava e temia pudesse existir; o modo como ela se elevava acima dele, não fisicamente, apenas sua presença, sua realidade, ela veio de longe, amava coisas temperadas, nunca comeu uvas, maçãs ou nectarinas quando criança, ela amava e amava e amava e o sr. Sweet se apaixonou por ela pela paixão com a qual ela era capaz de amar todas as muitas coisas que realmente compunham seu verdadeiro eu, ainda que nada que dissesse respeito a ela o fizesse pesar sua própria existência sólida e julgar a si mesmo carente e decidir que sua existência, sua vida, qualquer coisa dele deveria ser secundária a qualquer coisa dela. Mas a sra. Sweet não sabia disso, não sabia as formas pelas quais a imaginação do sr. Sweet, seu Agora e seu Então, o modo como ele via o presente, o passado e o futuro, coloriam a forma como ele a via.

Aqui está ela mais uma vez: seu cabelo naturalmente preto, grosso e áspero como as cordas encontradas nas mãos de estivadores, cortado tão curto que ela poderia ser confundida com o próprio estivador, a cor do cabelo dela era da cor de uma corda nova nas mãos de um estivador — loiro; suas sobrancelhas raspadas com um barbeador e em seu lugar uma linha desenhada nas cores: azul — se ela quisesse; verde, se ela quisesse; dourado, se ela quisesse então; os lábios pintados de vermelho, um vermelho tencionado a refletir a cor das fogueiras que queimavam em um dos muitos círculos do inferno; suas boche-chas emplastradas de uma gosma laranja da mesma cor laranja de um lírio-de-um-dia, *Hemerocallis fulva*, uma flor nativa da China mas que agora cresce abundante, desimpedida, sem inibições, no nordeste dos Estados Unidos, uma área na qual os Sweet viviam agora, embora isso fosse desconhecido para a sra. Sweet então, e revoltante para a consciência do sr. Sweet então, um pesadelo para ele agora! Mas Então: quando a sra. Sweet era jovem e tão ignorante, ela, essa pessoa amável agora, então pensava que envelhecer era um erro que a pessoa que envelheceu tinha cometido, ela pensava que todas as pessoas que envelheceram tinham entrado por uma porta, a porta errada, e se tivessem escolhido a porta certa, aquelas dobras finas e vergonhosas na carne não teriam lugar, as pessoas teriam continuado tão frescas como no dia em que completaram vinte e um ou algo em torno desse então agora, e não seriam uma coisa antiquada, reclamando de seus órgãos falhos, da mesma forma que reclamamos de um carro que anda e anda para cima e para baixo por muito tempo cujo motor precisa de alguma coisa nova, precisa de muitas coisas novas e o silenciador está condenado mas pode ser substituído e — bem, as pessoas não são assim, algo útil então, e agora nem tanto, mas pessoas não são como carros, um carro envelhece naturalmente mas uma pessoa entra pela porta errada: envelheça ou não! Quando a sra. Sweet era jovem, o não estava além da suposição, como beber água e não cianureto, e a sra. Sweet não tinha nenhum verdadeiro entendimento do Agora e Agora mais uma vez, e o então estava nas regiões mais baixas da gramática

sagrada. E sua juventude, antes de ela conhecer o príncipe tamanho-
-Tudor, o sr. Sweet, foi um carnaval de atividades sexuais: todos os
homens de um lado, todas as mulheres do outro, vestidos em roupas
feitas da pele de um animal — domesticado ou não — ou vestindo
nada em absoluto, apenas serpenteando ao som de uma música vinda
de uma fonte especial ou ao som de uma música criada na cabeça
deles; e toda a sua juventude foi uma enorme atmosfera de sensações,
sensações e mais sensações, e seu Agora (que se torna Então, como
todo Agora, no fim das contas), ela é mãe da bem escondida Perséfone
e do jovem Héracles e mesmo antes disso, a esposa do sr. Sweet, o ás
da lira, não é então conhecido por ela; o seu Agora é o escrupuloso sr.
Sweet, um homem (do tamanho de um príncipe Tudor) que entendia
Wittgenstein e Einstein e todas as pessoas do tipo. Todas!

Mas Então: naqueles dias em que a sra. Sweet era jovem e bela
para ele, o sr. Sweet então usava camisas e calças e um paletó de veludo
cotelê azul-marinho, e no bolso do paletó de veludo cotelê azul-marinho estava o bilhete de seu pai, o bilhete que lhe disse como conduzir
sua vida: dois lares, duas esposas, dois sofás, duas facas; mas ele não
o havia encontrado ainda. Ele então tocou o pianoforte sozinho em
uma sala, e havia uma pequena plateia, então o sr. Sweet, em todo o
seu principado Tudor, se sentou e tocou algumas músicas compostas
por Ferdinand Morton e Omer Simeon e Baby Dodds e Wolfgang
Mozart, e se fosse compelido a isso ele tocaria a música composta
por seu favorito esmagador, Igor Stravinski. Sua mãe, uma sra. Sweet
por seu próprio mérito, tão zelosa e mal-informada quanto a sra.
Sweet — a sra. Sweet de agora, mãe da bem escondida Perséfone e do
jovem Héracles —, adorou sua apresentação e conduziu os aplausos
da família e dos amigos escolhidos, e todos se curvaram diante dele,
fizeram uma mesura, e alguns beijaram o chão. O sr. Sweet tinha
então dez anos de idade e pelo resto da vida estaria assim, com dez
anos de idade, para sempre naquele momento de agora — naquela
sala onde se tocava a música de Ferdinand Morton e às vezes a música
do muito amado W. A. Mozart, mas como a sra. Sweet saberia disso
quando se apaixonou pelo jovem que se entediava como se fosse um
jovem príncipe Tudor, como ela saberia que aos trinta anos de idade,
quarenta anos de idade, cinquenta anos de idade, sessenta anos de

idade, setenta anos de idade, na idade de Matusalém agora, ele viveria no mundo como se fosse então, quando ele tinha dez anos?

A sra. Sweet respirou fundo, então e agora, e mergulhou de cabeça na escuridão — pois viver em qualquer Agora e em qualquer Então (que são sempre os mesmos) não é mais do que isso, mergulhar de cabeça na escuridão, colocando um pé diante do outro — e esperou que ali houvesse um chão sólido, sem mencionar frutífero, onde pisar, de verdade ou metaforicamente. Quando jovem ela fora como uma flor encontrada nas selvas mais profundas das novas Américas: uma dália negra, um cravo-de-defunto marrom, uma zínia verde-água; quando era uma jovem mulher, o mundo não era sua ostra, não a escondia como sua ostra, provendo um agradável espaço para ela se tornar uma pérola; quando era uma jovem mulher, mais jovem que o jovem Héracles, foi o medo da morte que a manteve viva.

Mergulhar de cabeça ou recobrar ânimo — assim a mãe da sra. Sweet dizia quando ela era criança, uma menina alta e magra só ossos cobertos de pele, e ela tinha medo das meninas maiores que ela e dos meninos maiores que qualquer coisa, e tinha tanto medo deles que até passar por eles na rua era impossível; e antes disso, quando ela tinha medo de vacas por nenhuma razão, só porque eram vacas e tinham chifres, e assim ela tinha medo delas e passar por um pasto onde esses animais ficavam cercados por estacas de ferro enfiadas na terra era impossível para ela: mergulhar de cabeça, colocar um pé diante do outro, endireitar as costas e os ombros e tudo o mais passível de se curvar, recobrar ânimo e seguir adiante, e dessa forma, qualquer obstáculo, físico ou apenas imaginado, cai por terra em reverência e em absoluta derrota, pois mergulhar de cabeça e recobrar ânimo sempre vencerá adversidades, assim a mãe da sra. Sweet dizia quando ela era criança, magra em corpo e alma, e isso causou a sua mãe muita dor e grande vergonha, pois sua criança — a jovem sra. Sweet — precisou incutir em seu próprio ser os termos clichês dos vitoriosos.

E assim: mergulhar de cabeça, recobrar ânimo, mirar um desfecho triunfante, a morte sendo superior ao fracasso, a morte é às vezes um triunfo, e tudo isso compunha o líquido amniótico no qual a sra.

Sweet viveu quando criança: dessa forma a sra. Sweet aprendeu a dirigir um carro, aprendeu a amar as duras realidades de sua vida com o sr. Sweet (ele nunca a amou, não então, não agora, ela aceitava isso, agora então e agora mais uma vez), pegou um empréstimo no banco para comprar a casa de Shirley Jackson, a casa onde eles moravam, e era uma boa casa, com vistas para montanhas e cachoeiras e campos cheios de flores nativas da paisagem da Nova Inglaterra, e fazendas que cultivavam alimentos especialmente deliciosos para animais que então seriam abatidos e comidos por alguém de certo modo familiar para esses animais abatidos, amigos do sr. e da sra. Sweet e de seus filhos: o jovem Héracles e a oculta Perséfone; à distância, a sra. Sweet podia ver a bela sra. Burley — seu cabelo longo e amarelo em uma trança caindo silenciosamente em cascata pelas suas costas e indo descansar bem abaixo de suas escápulas — uma jovem leiteira ordenhando suas vacas e cabras, e desse leite ela fazia alguns queijos raros e um iogurte delicioso que a sra. Sweet comprava e o resto da família odiava: o sr. Sweet, pois ele odiava tudo relacionado à sra. Sweet, especialmente seus entusiasmos que eram: cultivar espécies raras de flores a partir de sementes que havia procurado na Ásia temperada, cozinhar e tricotar, especialmente aquele tricô infernal. Oh Mamãe! Oh Mamãe! Era o som do jovem Héracles. E o amor e o desdém e a indiferença que a sra. Sweet recebia de seu amado Héracles pareciam tão naturais quanto uma brisa suave e fria que de repente mudava o humor de um grupo de pessoas justificadamente bravas, ou um grupo de pessoas cujas necessidades e expectativas são satisfeitas e ainda assim elas procuram a felicidade! Naquela época (então, agora e então mais uma vez), a sra. Sweet havia enterrado seu passado — no cimento que compõe a memória, embora ela soubesse muito bem que o cimento se deteriora, se desmantela, revelando ocasionalmente seja lá o que deveria esconder.

Mergulhar de cabeça, recobrar ânimo, e a sra. Sweet fazia exatamente isso enquanto recolhia as roupas largadas do sr. Sweet, as toalhas de banho sujas, os lençóis e as roupas das crianças, blusas da Wet Seal para Perséfone e calças de um outro lugar cujo nome ela não sabia como pronunciar, camisetas para o jovem Héracles compradas em uma loja chamada Manhattan, embora ficasse numa cidade longe do lugar conhecido como Manhattan, e todos os artigos têxteis e de vestuário que uma família estadunidense aparentemente próspera poderia usar. A sra. Sweet lavou todas as roupas e outras coisas do tipo na máquina de lavar (conhecida para ela agora, mas desconhecida para ela então, quando era aquela criança facilmente derrotada) e secou tudo na secadora e então dobrou as toalhas e outras coisas do tipo, e pegou a tábua de passar e passou todas as camisas do sr. Sweet e as calças também, pois ela o amava tanto e queria que ele parecesse para todo mundo que o visse pela primeira como se tivesse acabado de sair da vitrine de uma loja chamada Amor: digno e merecedor de respeito. Tudo isso cansou a sra. Sweet, em corpo e mente — o trabalho que dava, a imaginação disso tudo: lavar as roupas de duas crianças e do sr. Sweet, fazendo-os parecer que viviam numa mansão em uma rua proeminente de Manhattan, ou como se ele morasse num vilarejo da Nova Inglaterra com uma esposa e mãe que não fazia ideia de como ser ela mesma. Mas para a sra. Sweet, com quem ele era legítima e legalmente casado, tudo isso era outra coisa: aqui está ela mergulhando de cabeça e recobrando ânimo também: e caminhando no ar, sobre nada visível ao olho humano, e ela não caiu no esquecimento nem em qualquer substância feita para disfarçar o esquecimento, e seguiu adiante para a próxima coisa e para a próxima e para a coisa depois dessa, e cada coisa e cada nada ela conquistava, e ela seguia adiante ao seu modo, cuidando do marido, zelando pelas crianças, olhando a lua (quarto, meia ou cheia) para ver se estava coberta de nuvens (chuva amanhã, em todo caso), e se sentindo feliz, seja lá o que isso for, Então e Agora!

5

A sra. Sweet cessou todos esses pensamentos, pois a porta do quarto bem ao lado da cozinha abriu com uma força poderosa, e a sra. Sweet soube no mesmo instante que era seu filho, o jovem Héracles.

O jovem Héracles seria sempre desse jeito, então, agora e no então por vir, e assim seria sua irmã, a bela Perséfone, então, agora e no então por vir. A mãe deles, a sra. Sweet, julgava que assim seria. Mas agora, neste agora mesmo, o jovem Héracles escancarou a porta do quarto bem ao lado da cozinha, o quarto no qual a sra. Sweet conservava seu verdadeiro eu sem nunca revelá-lo a ninguém, não para o sr. Sweet, não para a bela Perséfone, não para o jovem Héracles, e ela não fazia ideia de que eles sabiam de sua comunhão secreta com seu verdadeiro eu e que viam isso com sentimentos de vários tipos: simpatia da parte de Héracles, puro ódio da parte de Perséfone, fúria homicida da parte do sr. Sweet. Mas agora, neste agora mesmo, o jovem Héracles perguntou para sua mãe, "Mamãe, Mamãe, o que você está fazendo? Procurei você na casa inteira. Você não estava no jardim, você não estava na cozinha, você não estava na cama lendo um livro com o qual ninguém além de você se importa. Onde você estava? Tad, Ted, Tim, Tom e Tut podem vir? A gente quer jogar um jogo mas Papai disse que era melhor perguntar para você porque vamos fazer um barulhão e ele está tentando terminar a composição de um concerto para dois pianos para a Troy Orchestra e talvez a gente faça muito barulho porque não sabemos ficar quietos, eu não sei ficar quieto, sempre digo para o Papai, eu não sei ficar quieto, eu não sei ficar parado, eu não sei o que fazer, Mamãe, Mamãe, você está me ouvindo, você está me ouvindo? Me ajuda, Mamãe, diz alguma coisa, me diz o que está acontecendo". Oh como sua mãe o amava e ela pensou na época em que ele estava em sua barriga e não ficava parado, em como todas as noites ele pulava para cima e para baixo em seu útero e se esticava todo, uns sessenta centímetros na diagonal, e ela podia ver a impressão de seu calcanhar e a impressão de seu punho na pele dela, como se a pele dela fosse o retalho de um tecido velho e gasto, e então ela quis dizer alguma coisa que o fizesse ficar naquela posição de feto no útero que decora as paredes da sala de espera de obstetras, e aquele feto que se encaixa perfeitamente na área pélvica ilustrada e se desenvolve em um bebê sem que a hospedeira tome conhecimento disso, e hospedeira e criança são apenas um mas nada sabem de sua intimidade indizível, e essa intimidade é uma ilha perdida que ainda não foi encontrada. Mas assim Héracles adentrou o próprio ser da sra. Sweet, distorcendo a pele de sua barriga, quicando em seu nervo ciático, rompendo o revestimento de seu colo do útero de forma que ela teve de ficar na cama por dias e dias com medo de jamais ver o rosto dele, seu nariz largo, seus olhos que eram da cor de algum mineral encontrado em rochas deformadas, seus lábios iguais aos dela, grossos e unidos como a noite misturada ao dia, suas mãos e pés grandes, seu cabelo tão grosso e cacheado, o peso de sua cabeça sobre os ombros; e então ele nasceu com icterícia, o sangue de sua mãe e o sangue de seu pai em guerra dentro dele, e essa batalha não terminou antes que ele viesse a este mundo; por dias ele ficou em um berço de vime sob o brilho de luzes fluorescentes e a sra. Sweet ficou ao seu lado e o alimentou com o alimento dos seios dela e no oitavo dia ele foi liberado e apenas o sangue da mãe permaneceu em suas veias. Mas a sra. Sweet não pensava em nada disso em sua vida cotidiana, apenas quando estava no quartinho bem ao lado da cozinha, e as insuportabilidades de todos eles, o sr. Sweet, a bela Perséfone, o jovem Héracles, suas demandas, suas necessidades, seus pedidos, e nenhum deles teve pena dela; por que deveriam? Ela parecia navegar suavemente, encontrando como que por mágica o dinheiro para comprar computadores poderosos o suficiente para rodar softwares que podiam ordenar e copiar complicadas composições musicais, ou construir um adorável chalezinho na floresta onde o sr. Sweet podia descansar da perturbação daquelas crianças e da presença daquela mulher que com certeza havia chegado num navio bananeiro ou numa outra embarcação do tipo, pois ninguém sabia ao certo como ela havia chegado; ela tinha uma história que começava com uma mãe que a odiava mandando-a embora para ganhar dinheiro e sustentar a família e ela não tinha pai, ninguém a reclamou, ela simplesmente foi mandada embora em um navio que ia e vinha, com cargas, humanas às vezes, de uma natureza não humana mas comercial em outras, e ali estava ela, essa mulher que era mãe dos filhos dele, uma mulher de um lugar muito distante, um lugar que o sr. Sweet não visitaria jamais, pois o sr. Sweet não atravessaria a rua se soubesse que a própria sombra o acompanharia.

Mas agora a sra. Sweet ouvia bem o seu doce filho, sua voz como um instrumento que apenas um menino poderia ou desejaria tocar, um menino capaz de convocar um exército de temerosos mirmidões, batalhões de arqueiros e espadachins e atiradores de lanças, todos nascidos da embalagem de um Lanche Feliz do McDonald's ou Méqui ou os Arcos Dourados, conforme Héracles achava por bem dizer; houve muitos Lanches Felizes, então havia muitos temerosos mirmidões. Ele disse, o jovem Héracles, naquela voz que apenas sua mãe podia ouvir, uma voz tão agradável aos ouvidos dela, bem meu pai é um completo idiota, ele não sabe de nada, odeia jogar bola e não vai me levar para o Hall da Fama do Basquete em Springfield, Massachusetts, e eu nem sei onde fica, e ele não vai me levar para o Hall da Fama do Basquete em Cooperstown que eu meio que sei onde fica, e você sabe o que acabou de acontecer, ele chegou e eu sei que ele esteve com aquelas meninas, aquelas estudantes muito bonitas que dizem para ele, oh sr. Sweet, *Pierrot Lunaire* e *Lulu* e não sei o que mais mas tem alguma outra coisa e ele chega da rua depois de tudo isso e me pergunta: jovem Héracles, onde está minha bela esposa, como se eu não fizesse ideia do tempo que ele passou ajustando as calças de veludo cotelê que Mamãe comprou para ele na ponta de estoque da Brooks Brothers em Manchester, umas calças bem legais, mas muito longas para ele, e quando ela as encurtou ele ficou parecendo um cara baixinho usando as calças de outra pessoa, mas esse era Papai, o meu pai, ele parecia ser outro cara e eu sabia que meu pai era outra pessoa e eu não queria que ele fosse outra coisa senão outra pessoa, mas quando ele me perguntou se eu tinha visto sua bela esposa, eu disse, não, mas se você está procurando a Mamãe, ela está no jardim. E eu sabia que ele ia dar risada: Mamãe não era bonita porque ela era minha mãe; Mamãe não era bonita porque era esposa dele; e eu sabia que ele ia dar risada porque foi uma coisa engraçada de se dizer, eu sabia bem disso e soube quando ele riu que ele não notaria que eu sabia que ele estava fazendo uma coisa e eu não sabia então o que ele estava fazendo, eu não podia dizer, ei Papai, é isso que você está fazendo, você me odeia, você odeia sua esposa, você não acha ela bonita, você odeia a casa onde a gente mora, você odeia o jardim, você odeia a forma como a Mamãe pode fazer qualquer coisa: coisas grandes como construir um muro de pedras enorme em volta da casa com umas pedras que ela pagou para alguém trazer num caminhão de uma pedreira a quilômetros daqui em Goshen, Massachusetts, e então logo depois disso houve uma grande discussão no jantar sobre como pagar por isso e Mamãe disse, mas as pedras são de micaxisto formado a quatrocentos milhões de anos no período Devoniano Inferior e essa rocha metafórica, agora em tons de ferrugem, dourado, azul, preto, cinza, que iria cercar a casa, fazendo-a parecer flutuante, é o resultado de sedimentos de lama arenosa que descansaram no fundo de um mar antigo, e Papai não disse mais nada, só continuou comendo sua comida, e Mamãe tinha feito vitela cozida com molho de atum e arroz italiano com manjericão picado e muçarela ralada e uma salada, e Papai só odiava Mamãe, ela estava engordando então, ela tinha me ensinado a fazer um martíni para ela e ela se sentava no jardim no fim do dia, no meio de todas aquelas flores que Wayne e Joe deram para ela, umas flores que eles disseram que ficavam bem no jardim deles mas ficaram terríveis no jardim de Mamãe, elas cresceram por todo lado que nem ervas daninhas, como se não tivessem recebido instruções de como crescer em outro lugar que não Readsboro, Vermont, e Papai ficava feliz em ver o desapontamento dela e eu também, especialmente eu, pois eu queria que ela fosse minha Mamãe e eu não queria ter que ir até a Clearbrook Farm para comprar uma bandeja com seis mudas de celósia para o Dia das Mães, logo depois de Papai ter largado ela porque se apaixonou desesperadamente por uma mulher mais jovem que a Mamãe, uma mulher que ele achava que o fazia entender seu verdadeiro, verdadeiro eu.

Será que Mamãe é um erro, e se ela for o que eu deveria fazer, passar uma borracha nela como quando estou na escola e minhas letras não saem tão boas? Será que Mamãe é um engano que eu não posso corrigir? Será que Mamãe é um desastre, como quando venta muito forte, ou quando chove muito forte, ou quando não chove por anos e anos? Será que Mamãe é um desastre? Jesus Cristo, e essa era a voz da sra. Sweet, fragmentando o próprio ar, se tal coisa fosse possível, e ela atravessou correndo o gramado que tinha acabado de ser cortado pelo sr. Pembroke ou por alguém que trabalhava para ele, e ela abriu os braços já excepcionalmente longos, como se fosse um dos Transformers, os brinquedos que ainda não faziam parte da vida cotidiana do jovem Héracles, e o tirou do caminho de um carro em alta velocidade, um Nissan esporte conduzido por um menino, um aluno da Mount Anthony Union High School, um jogador de um time esportivo no qual a velocidade dos pés é muito valorizada, um menino cuja mãe trabalhava numa fábrica não muito longe dali na qual um tecido feito de barris de petróleo era costurado de tal forma que podia ser vestido ou servir como assento ou conservar alimentos de um jeito que alguém que os estivesse comendo pensaria na palavra fresco, mas só a palavra fresco seria fresca de verdade, e foi nesse momento que o jovem Héracles foi tirado da porta da morte, e a mãe dele, a encantadora e muito odiada sra. Sweet, que podia de tempos em tempos ser desprezível e horrenda, o abraçou forte e desejou ao menino motorista uma morte ardente, e mais tarde quando ele encontrou uma morte em nada relacionada com aquele carro esporte veloz feito de fibra de vidro mas causada pela ruptura inesperada de uma artéria em algum lugar na cabeça dele, a querida sra. Sweet chorou pela mãe do menino, não por ele mas pela mãe do menino.

E essas lágrimas que ela chorou então foram muitas, muitas, muitas e poderiam ser o início de um mar que podia até ser antigo, mas justo então, agora mesmo, essas lágrimas eram absorvidas pelo peitilho de seus macacões comprados na Gap ou escolhidos no catálogo da Smith & Hawken, depende, e essas lágrimas que iniciariam o mar que acabaria se tornando antigo conservaram sua condição de lágrimas, e a sra. Sweet levou ao peito o jovem Héracles e ficou tão feliz que justo então ela tenha evitado a face da dor e a iminência da dor e também evitou intimidades com aquela entidade pavorosa, aquele mundo: dor; e essas lágrimas que ela chorou então e agora, um Agora constante e imutável e propenso a ludibriar tudo o que insiste em ser considerado permanentemente querido, um Então como a superfície da terra com sua crosta aparentemente fixa e estável para tudo o que precisa ser assim, aquelas lágrimas foram absorvidas pela roupa da mãe dela e também pelo grande mundo das águas e por tudo o que pode ser vulnerável a esse mundo.

De qualquer forma, ali estava o jovem Héracles, salvo de ser morto pelo menino que não deu ouvidos à mãe quando ela o alertou sobre todos os perigos do mundo, que morreria aos dezenove anos de qualquer modo, mesmo que tivesse dado ouvidos à mãe, por causa de algum mal funcionamento de seu corpo; e essa mãe amou esse menino e teria alcançado os interiores do corpo do filho para consertá-lo e tornar sua vida uma vida longa, uma vida que continuaria depois que a dela chegasse ao fim, pois ela podia se ver ausente do mundo dele mas não podia imaginá-lo ausente do mundo dela, agora ou então. A sra. Sweet viu tudo isso avaliando um canteiro de alfaces que logo dariam flores e Shep, que às vezes a ajudava a mudar árvores já crescidas de lugar, estava agora falando com ela, e enquanto via os lábios dele se mexendo, a sra. Sweet apenas ouvia a si mesma: Onde estão os Oberley? Pois Shep teve, este ano, uma espetacular safra de feijões que todos deveriam provar; Gordon fez de Ann um leito de rio seco; Dan e Robert, amigos da sra. Sweet que viviam em Heronswood, Washington, mandaram uma porção de heléboros de flor dupla; e então, só então, ela ouviu as palavras que fizeram os lábios de Shep se mexerem: Aliás, vocês estacionaram o carro no bosque de pinheiros-brancos na entrada da lagoa, e justo então o limiar da vida dela desapareceu pois ela viu o Kuniklos de meia-idade, um carro feito na Alemanha, um país que transgrediu os laços humanos a tal ponto que isso não podia ser discutido na intimidade de uma cozinha ou mesmo na atmosfera indiferente de um restaurante, e o carro tinha ido descansar no bosque de pinheiros-brancos, um bosque cujas árvores não foram removidas porque sua presença na paisagem de um campo vasto era agradável aos olhos do dono do campo, e seus donos eram Gordon e Ann. O jovem Héracles estava todo amarrado em sua cadeirinha, e a cadeirinha estava muito bem fixada no meio do banco traseiro, todas precauções recomendadas pelas autoridades devotadas à prevenção da dor e do desespero de um tipo em particular; mas ele se soltou da cadeirinha e foi até o banco do motorista, se sentou e virou a chave da ignição, mas ele nunca tinha visto as manobras dos pés do motorista, e assim o carro arrancou e arrancou e arrancou e parou no bosque de pinheiros, em vez de romper a superfície daquela bela lagoa e afundar até seu fundo fedorento, pois o fundo sempre fede. E quando o cultivador de feijões, Shep, disse estas palavras, aliás, vocês estacionaram o carro perto da lagoa, o sr. e a sra. Sweet, o pai e a mãe do jovem Héracles, souberam tudo o que aconteceu, cada movimento, e pensaram nele, sabiam enquanto a coisa acontecia, sabiam antes de acontecer, mas não sabiam o final, então eles tiveram um sobressalto e correram para o filho, sem saber se o encontrariam morto ou vivo, mas eles o encontraram e ele estava vivo no carro, tentando sem sucesso abrir as portas e sair para viver outras aventuras, que poderiam ser limpar os lendários estábulos de Áugias, matar o leão de Nemeia e usar sua pele de capa, um encontro com o javali de Erimanto, embora não ainda e talvez nunca com o policial da cidade de Boston, que traça a si mesmo desde algumas pessoas da Irlanda mortas há muito tempo, imagine o jovem Héracles ultrapassando um sinal vermelho e na época, então e agora, o jovem Héracles tinha se tornado um jovem negro, seja lá o que isso for, e mesmo agora, seja lá o que isso for não é certo.

Oh agora, oh então, mas veja-o agora, e esse seria o jovem Héracles, com a catapora que ele pegou de sua irmã, a bela Perséfone, e a mãe deles, a sra. Sweet, pegou dos dois e a doença a deixou incapaz de respirar direito, pois seus pulmões estavam cobertos de pequenas bolhas ainda que ela se mostrasse sem nenhuma mancha; e veja-o agora com outras crianças em seus macacões listrados e gola rulê branca, com as palavras OshKosh bordadas nessas roupas, tão discretamente que chegava a não ser nada discreto, balançando um martelo de brinquedo, ou a versão em brinquedo de cada uma das ferramentas úteis a um carpinteiro ou encanador ou fazendeiro, uma versão em brinquedo de tal indivíduo, pois nem o sr. e a sra. Sweet nem qualquer um dos outros pais imaginava que aquelas crianças se tornariam um carpinteiro, um encanador, um fazendeiro na vida real, mas o que aquelas crianças se tornariam não era uma questão levantada então e assim não pode ser respondida agora; e as crianças, que seriam o jovem Héracles e a bela Perséfone, realmente amavam sua mãe então e sentiam muita falta dela quando ela saía de casa para fazer alguma coisa que eles achavam incompreensível, ler em voz alta aquelas palavras que ela havia consignado ao papel enquanto ficava pensando dentro daquele quarto horrível ao lado da cozinha, o quarto ao qual eles não tinham acesso, nem se pegassem um barco ou um avião ou um carro ou se caminhassem, de forma alguma eles podiam alcançá-la quando ela estava naquele quarto ao lado da cozinha, e então como eles a amavam, mas ela estava apartada deles e apenas no mundo destas sentenças: "Eu tenho a maleta mais razoável de Nova York, eu tenho o carro pequeno mais razoável de Nova York" e "Minha mãe morreu no momento em que eu nasci, e por isso durante toda a minha vida nunca existiu nada entre mim e a eternidade; às minhas costas, sempre um vento triste, sombrio" e "Há uma câmara na vida do jardineiro que não fica em nenhuma parte do jardim". Oh mamãe, oh mamãe, onde você está, gritavam o jovem Héracles e a bela Perséfone, não em uníssono, pois sua mãe estava perdida para eles mas não ao mesmo tempo, e o jovem Héracles em particular sentia falta dela, e sempre sentiu falta dela pois mesmo quando era um bebê e ela o amamentava ela não estava com ele de verdade e ele olhava para cima para o rosto dela e então nos olhos dela e ela olhava para ele mas era como se ele fosse a imagem de um bebezinho mamando no peito da mãe e ele cravava seus dentinhos de bebê no peito dela e disso tirava apenas sua carne então, o leite estava diminuindo, ela queria isso, e a carne do seu peito era como a roda de um pneu mas ele não tinha a noção de um pneu então, e quando ele a mordia, a irritação dela por sua presença crescia, pelo próprio surgimento dele em sua vida, ela se esquecia de que ele era seu amado e único filho, pois então ele não passava de um animal mordendo o peito dela, como uma serpente ou qualquer outro pequeno invertebrado que viria a ser um símbolo do grande declínio da humanidade, e como ela desejava que ele não a machucasse assim, e como ele desejava que sua mãe olhasse para ele enquanto o amamentava; Oh Mamãe, oh Mamãe, onde você está? perguntavam as crianças da querida sra. Sweet e perguntavam por ela como se ela mesma nunca precisasse de uma coisa dessas, de uma mamãe! Uma mãe!

Mas o jovem Héracles se recuperou de todas as doenças da infância que poderiam ter matado a mãe dele quando ela foi uma criança naquela amigável entidade produtora de bananas na qual ela cresceu mas das quais ela, sem qualquer explicação conhecida, sobreviveu, e esse fato, sua sobrevivência, poderia e era com frequência usado como um epíteto na direção dela, que sobreviveu de enfermidades tropicais e agora vive em um clima no qual tal vulnerabilidade era conhecida apenas em uma literatura específica que ela gostaria de escrever, pobre mulher, disse o marido dela consigo! E tudo isso deveria ser posto de lado, pois este é o então, mesmo sendo agora, e o jovem Héracles avançava na direção da época em que lhe prescreveram um remédio que fez saliências do tamanho do punho de um bebê aparecerem em seu corpo, e o médico disse para a sra. Sweet que uma coisa dessas só acometia uma pessoa em um milhão, e a sra. Sweet ficou tão sem palavras diante disso que levou o jovem Héracles para Key West, Flórida, e lá ele conheceu um homem que escreveu cinco livros e em cada livro uma das vogais se encontrava ausente.

Mas o jovem Héracles cresceu e cresceu em força, sabedoria não imediatamente porque disseram que ele sofria de um déficit em sua capacidade de concentração e às vezes diziam que ele era incapaz de compreender a variedade de formas pelas quais o mundo conhecido lhe era apresentado e às vezes diziam que ele sofria de uma variedade de mudanças bruscas de temperamento, mas ele causava sofrimento apenas aos temerosos mirmidões, que estavam alinhados e preparados para se juntar a ele na batalha contra as Tartarugas Ninja, e Héracles se revezava em liderar essas hordas de guerreiros uma contra a outra e qual seria o lado vencedor sempre dependia de qual lado era seu favorito então, logo então, agora mesmo. E seus braços e pés ficaram retráteis então mas sua querida mãe só descobriu isso quando um dia, enquanto semeava um campo com sementes de *Asclepias* que ela comprou de um vendedor de sementes misterioso chamado Hudson cujo endereço ficava em algum lugar em Los Angeles, e ela se perguntou como curar seu doce menino, ela viu os braços dele se esticarem, afastando-se do corpo, para cima, para cima, no ar limpo, abaixo do céu azul e atravessando algumas nuvens brancas e seus dedos foram descansar no espaço vazio, num penhasco liso, que era uma característica de uma montanha chamada Bald, e ele tirou pequenos pedaços do penhasco e os pôs aos seus pés e os jogou pelo gramado como se fossem bolas de golfe compradas a granel numa loja ali perto. Esse espaço vazio na montanha ficava a quilômetros e quilômetros de distância, e quando estendeu seu braço o jovem Héracles produziu um assobio suave e doce e diferentes espécies de pardais se empoleiraram nele, a sra. Sweet o ouviu chamando suavemente: *Spizella pusilla, Pooecetes gramineus, Passerculus sandwichensis, Ammodramus savannarum, Melospiza lincolnii* e então ele cantou uma série de melodias que eram exatamente iguais às melodias dos próprios pássaros, e a sra. Sweet ficou maravilhada, pois é bem sabido que seu pobre menino não consegue tocar as notas certas e tinha sido convidado pelo professor de piano a não mais comparecer a sua aula, pois além de ser uma presença perturbadora, ele não tinha um bom ouvido, nenhuma habilidade de imitar e reproduzir um si bemol; e sua mãe, que vinha a ser a querida sra. Sweet, perguntou, como você consegue fazer isso, como conhece os cantos deles? e seu filho respondeu, eu conheço porque eu ensinei eles a cantar, eles só sabem cantar porque eu mostrei a eles como fazer, Mamãe, eu mostrei a eles. E o que mais você pode fazer, ela disse, não perguntou, o que mais você pode fazer, ela disse, e o jovem Héracles disse, posso matar um leão e fazer uma capa com a pele dele para quando eu for esquiar, e eu posso matar o monstro de Lerna de muitas cabeças que pode te matar se você ver ele em um sonho, e eu posso matar um javali selvagem, e eu posso matar as aves do Estínfalo, todas elas, porque eu não tenho medo delas, e eu posso limpar os estábulos de Áugias, e eu posso capturar o touro de Creta, não posso impedir Papai de querer me matar, ele é assim mesmo. Não posso me impedir de matar o meu pai, eu vou matar ele e ele nunca vai saber porque eu não vou deixar que saiba, ele vai ficar tão decepcionado, ele já é muito decepcionado, a decepção dele seria total e eu amo o meu pai de verdade e por isso não quero que ele veja, mas eu vou matar o meu pai, ele tem que morrer, todos nós temos que morrer, não é, Mamãe, não é, Mamãe? Oh Mamãe, oh Mamãe, disse o jovem Héracles, você vai chorar e me lembrar de como o pai ficou comigo para vermos o Michael Jordan jogando nos campeonatos quando Jordan estava gripado, e quando ele fez uma cesta ele caiu mas Scottie Pippen correu e segurou o Jordan para ele não cair, você vai fazer isso, Mamãe, dizer, oh, foi tão homérica a forma como Scottie e Dennis jogaram, e Malone foi tão Heitor e Stockton foi tão Páris: oh tudo foi tão homérico, e você vai dizer isso sem parar até eu querer te jogar no mar mas não estamos perto do mar nem nada, só estamos na casa que foi de Shirley Jackson.

Oh Mamãe, oh Mamãe, assim disse o jovem Héracles, falando com a sra. Sweet dessa forma, dizendo o nome dela duas vezes, pois para ele o nome da sra. Sweet era Mamãe: oh Mamãe, oh Mamãe: e a sra. Sweet se encolheu numa bola, ficou do tamanho de uma bola dessas que se pode encontrar na beira da estrada, e ela se encolheu até ficar do tamanho de uma bola dessas que ficam numa cesta cheia de bolas em uma loja cheia de coisas que não têm nada a ver com bolas: oh Mamãe, oh Mamãe, me conte todas as coisas que aconteceram antes mesmo de você nascer, e ele riu, sua risada era dourada, como se definisse o próprio valor atribuído pelo homem, como se o valor do ouro fosse determinado pela risada do jovem Héracles, e a sra. Sweet se sentou, ou quase isso, se deteve numa posição que já não era estar em pé, e olhou para o filho e o adorou, tão precioso e sábio, pois àquela altura havia se recusado terminantemente a engolir os comprimidinhos brancos de Adderall; oh Mamãe, oh Mamãe, me conte a história do casamento hoje quando eu for dormir na cama que Cadmo e Harmonia deram a você, a cama que vem de um tempo antes de Cadmo mudar de nome e era tão legal quando a gente ia pedir doces e Cadmo se disfarçava todo de mulher mas agora, agora mesmo, ele é uma mulher de verdade mas então ele era só Cadmo e era tão legal e ele vinha para a casa de Shirley Jackson e bebia rum com você; oh Mamãe, oh Mamãe, me conte a história do casamento.

E a sra. Sweet disse, não, não, e ficou horrorizada e nunca lhe contou a história do sr. Sweet e como eles se conheceram no décimo sétimo andar de um prédio quando ela tinha vinte e sete anos na semana anterior ao Natal, e ela sempre odiou o Natal quando criança, pois cresceu num lugar não muito distante do equador e o Natal é um feriado mais bem compreendido e apreciado quando você vive mais ao norte do equador, e quão surpresa ela ficou que essa ideia, o Natal, tão especial em sua imaginação quando criança, fosse então e agora tão cheia de aflições: despedidas e encerramentos e despedidas mais uma vez, e presentes e beijos e então silêncios, grandes silêncios, e refeições comidas mas nenhum barulho, nada, como se o Natal fosse uma morte, um luto, um funeral, e então todos iam para a cama. E então trinta dias depois voltamos a nos encontrar e nem sequer nos lembramos, pois dormimos na mesma cama e fomos ver Twyla Tharp e fomos a um ensaio de uma orquestra que estava aperfeiçoando as *Variações Goldberg* e mais tarde se apresentaria diante de uma plateia; foi então que eu entendi a Grande Chuva, um período da minha vida quando eu era criança e todos os eventos pareciam não ter nenhum fim e nenhum começo mas certamente nenhum fim, pois eram agora apenas, e só agora mesmo ao falar neles é que eles se tornam Então, como se o passado só se tornasse passado quando você o representa Agora; e na minha pressa em pertencer a alguém que conhecesse o mundo de maneiras desconhecidas para mim, ser e não ser, foi como acabei me casando com o seu pai. Oh meu querido, meu querido jovem Héracles, mas eu não podia chamá-lo então e só posso chamá-lo agora porque eu precisava de você então mas nem tanto agora, nunca agora, sempre apenas então, disse a querida sra. Sweet, lendo para o jovem Héracles um capítulo de um livro chamado *Veja Então Agora* contra o seu melhor juízo, ou seja, sem realmente querer lê-lo. E ela continuou, pois foi incapaz de parar, as páginas do livro a compeliam a continuar, seus olhos grudados nelas, sua língua um ingrediente das páginas, sua própria mente tornou possível a presença física do livro mesmo enquanto ela o segurava nas próprias mãos: naqueles dias seu pai, o sr. Sweet, era uma boa pessoa, não esse homem grisalho, cinzento e impotente que você vê agora que espreita a floresta com medo de tudo, apreciando apenas as árvores que foram mortas em uma tempestade; naqueles dias, ele só temia as ruas da baixa Manhattan bem cedo de manhã ou tarde da noite, pois naqueles dias as ruas eram vazias de gente, todas as pessoas moravam em outra parte, elas apenas trabalhavam naquelas ruas e então iam para casa; mas nós morávamos em lugares nos quais as pessoas apenas trabalhavam e seu pai me odiava por fazê-lo viver nesses lugares mas ele ainda não sabia que me odiava, ele não sabia que seus sentimentos por mim não eram sentimentos de amor, eram sentimentos de ódio; e eu o amava, pois ele sabia tanto de Beethoven e Bach e Shostakovich e Stravinski e Schöenberg e Alban Berg... mas não éramos casados ainda, não éramos o sr. e a sra. Sweet então, só nos tornamos isso quando você, jovem Héracles, e a bela Perséfone nasceram, antes disso não éramos nada, apenas possibilidades de um sr. e uma sra. Sweet, sem o nascimento do jovem Héracles e o nascimento da bela Perséfone nós não seríamos nem nos tornaríamos: o sr. e a sra. Sweet. Oh Agora, oh Então, mas mesmo antes disso nos tornamos o sr. e a sra. Sweet porque eu estava vivendo nos Estados Unidos da América sem documentos adequados e poderia ser mandada de volta para aquela ilhazinha de onde eu vim, uma ilha tão pequena que a história agora só a registra como uma nota de rodapé para os grandes eventos e os grandes eventos são ainda agora notas de rodapé, e antes de seu pai se casar comigo e quando eu era vulnerável à deportação, George disse para Sandy, você sabe que um de nós vai ter que se casar com Jamaica, e tudo permaneceu assim até que seu pai se casasse comigo e Veronica não compareceu à cerimônia e Sheila jogou arroz em nós, um arroz que ela tinha comprado em um mercado na parte alta da Broadway, e sua tia esqueceu o fogão ligado com o café nele e teve que sair da cerimônia e voltar para casa e desligar o fogão pois o lugar onde eles moravam poderia pegar fogo e seu avô não podia pegar um elevador e o juiz foi tão gentil e desceu de sua câmara e oficiou o casamento e seu pai e sua mãe estavam então casados e sua mãe não precisaria ser mandada de volta àquela entidade bananeira de fim de mundo de onde tinha vindo, assim o sr. Sweet estava pensando mas não disse a ninguém, e seu pai e sua mãe, para quem vocês, jovem Héracles e bela Perséfone, eram desconhecidos como se não fossem nada e nada mesmo, nem sequer dignos de uma letra maiúscula, nada, respire, vamos dar uma pausa aqui, disse sra. Sweet, e ela pegou o livro e quis descansá-lo nos joelhos, mas não o fez.

Oh Mamãe, oh Mamãe, não disse o jovem Héracles, pois seus olhos estavam fechados, pois ele não estava dormindo, pois ele não estava acordado, pois ele estava apenas ouvindo sua mãe que lia um livro para ele logo antes de ele cair no sono, e isso foi num tempo muito depois de *Boa noite, lua*, *O coelhinho fugitivo*, *Não pule na cama* e *Harold e o giz de cera roxo*, muito, muito tempo depois de tudo isso e todos esses livros só estavam guardados na memória da sra. Sweet porque naqueles dias as crianças eram suas cativas e só podiam ser consoladas pela lenga-lenga incessante de sua inimitável ladainha, como se ela fosse uma locutora de rádio da BBC ouvida nas Índias Ocidentais Britânicas.

6

Foi no meio daquela noite, bem, bem no meio daquela noite, aos quinze minutos do novo dia, que a bela Perséfone nasceu. E seu nascimento, sua chegada naquele mundo do quarto de hospital, com grandes luzes brilhantes e muitos gritos das pessoas mandando a sra. Sweet empurrar e empurrar o bebê para fora de seu útero, naquele momento, aquele agora da chegada da bela Perséfone ao mundo, feito de todos os meses que vieram antes de ela se tornar o bebê que chorou ao emergir dos interiores de sua mãe, desaparecer, naquele tempo em que o dr. Fuchs examinou o útero da sra. Sweet e encontrou um fibroma, arredondado como uma fruta, com uma haste robusta ancorando-o àquele órgão mole em forma de pera, e o fibroma depois de removido por ele pesava quatrocentos e cinquenta gramas e isso foi antes de a sra. Sweet se tornar ela mesma uma jardineira e assim ela não podia ver então, como agora, não podia ver nada, não que a coisa crescendo em seu útero fosse profética ou uma metáfora. Mas naquele tempo justo então, ainda agora, antes de Perséfone nascer, e antes disso, antes de ela sequer ser concebida, o dr. Fuchs removeu o tumor que era do tamanho de um tomate graúdo como o "Prudence Purple" e o dr. Fuchs usava tamancos e se movimentava pela maternidade do New York Hospital como se tivesse nascido para isso, e ele disse para a sra. Sweet, que ainda não era a sra. Sweet, pois ela só se chamaria assim quando tivesse seus filhos, ele disse que ela engravidaria, e logo, três meses depois, a sra. Sweet se sentiu mal e pensou que estava passando por uma crise de ansiedade incomum e assim tomou muitas doses de remédios que serviam para aliviar a sensação de querer vomitar e a sensação de querer acalmar as palpitações que não eram seu coração no peito e então um dia, era abril, em meio a uma neve tardia caindo em Londonderry, Vermont, a mulher casada com um homem, ele mesmo um médico, que era motivo de riso para a sra. Sweet, pois ele levava um bigode bobo e ternos de lá e tudo isso o fazia parecer um personagem de um livro da Penguin publicado na Inglaterra nos anos 1950, e foi a esposa dele que disse para a sra. Sweet que ela não estava ansiosa ou sofrendo de uma enfermidade sazonal, ela disse que a sra. Sweet estava grávida, e a sra. Sweet então dirigiu pelas ruas cheias de neve, desviando e derrapando, evitando a lagoa na curva acentuada da rua que levava à ponte e entrou no apartamento alugado em cima da garagem da casa de Jill e chamou o sr. Sweet e disse, eu estou grávida, e a sra. Sweet, então, não resistiu a essa reviravolta inesperada em sua vida, mas era algo que a assustava, pois ela vomitava constantemente, e então quando o vômito parava ela ainda sentia que queria vomitar constantemente e essa sensação nunca ia embora, não mesmo, não até o momento em que a bela Perséfone nasceu; e a sra. Sweet tinha desejo de toranja e então imediatamente as vomitava depois de comê-las mas de qualquer forma não podia evitar o desejo, que se não fosse satisfeito não a levaria a vomitar, mas um desejo em tal circunstância é inevitável; e ela viu um filme sobre umas criaturas chamadas gremlins e vomitou depois disso, muito e muito vômito pelo chão do pequeno apartamento onde ela morava, um apartamento construído para um menino tão bem situado na vida e que era tão inadequado para ser bem situado na vida que ele se juntou ao Exército, e na condição de passageiro de um jipe militar ele sofreu uma catástrofe que o deixou aleijado do pescoço para baixo, e a mãe desse menino construiu para ele uma casa para acomodar sua nova debilidade; e foi na casa deles que a sra. Sweet nutriu e carregou a bela Perséfone, que era perfeita.

E então, embora fosse Agora, Então era Agora: a sra. Sweet estava deitada em uma maca num quarto e o dr. Fuchs, um homem que pode ter inventado o teste de amniocentese ou não, levava na mão um instrumento parecido com uma varinha mágica que ele movia para lá e para cá pela barriga dela que tinha uma alegria infantil (assim a sra. Sweet pensava então e agora), e uma intensidade infantil, como que desafiando todos os anos de aprendizado e aquisição de conhecimento dele, como que disfarçando uma profunda necessidade de, de quando em quando, repetir ações sem nenhum significado óbvio mas que eram misteriosamente importantes de qualquer forma; e enquanto ele fazia isso, movia o instrumento parecido com uma varinha mágica para lá e para cá pela barriga dela, ele podia ver, em um monitor, a bela Perséfone (não bela ainda, não ainda Perséfone então), uma massa de filamentos e membranas e coisas gelatinosas, se movendo incansavelmente, se movendo sem pausa, em um grande volume de água que o dr. Fuchs sabia ser líquido amniótico; ele podia ver as mãos de Perséfone, já grandes, os dedos longos e então se afinando para o desconhecido, as pernas curtas, a cabeça de tamanho normal e sem cabelos, o tronco de tamanho normal. E então ele enfiou uma grande agulha na barriga ligeiramente inchada da sra. Sweet e colheu um pouco do líquido amniótico e lhe agradava que todo esse procedimento não representasse nenhum perigo para a bela Perséfone. Então também o sr. Sweet, que acompanhava a sra. Sweet naquele quarto no qual ela estava deitada sobre uma maca, pôde discernir a imagem da bela Perséfone no monitor, não de imediato, só depois de um tempo, só depois de seus olhos se acostumarem com o escuro e a cor do fluido no qual a bela Perséfone (contudo, não bonita então e não Perséfone ainda) existia. E imediatamente, ao vê-la, o sr. Sweet amou a filha e logo ela era bonita e ela era nova, e sua novidade não era original ainda, não única, a jovem Perséfone era como uma estação, primavera — apenas por exemplo — e a primavera em especial! O querido sr. Sweet, ao ver os resquícios (pois somos todos feitos de resquícios), que eram então tudo o que havia da bela Perséfone, flutuando com serenidade no líquido amniótico contido em um saco, que ficava dentro do útero da sra. Sweet, imediatamente concebeu uma sinfonia inspirada pela aparência dela, uma evocação e tributo ao simples fato da renovação, sejam as estações, a primavera em particular, seja o ciclo de vida de um anfíbio, seja a pele que cobre seu próprio ser: um ciclo completo de vida e então uma descida até a morte por um tempo e então um viver repleto de alegria mais uma vez. A bela Perséfone, no útero, catapultou o sr. Sweet num ciclo de vida alegre e foi como se viver alegremente fosse e pudesse durar para sempre. Ele pôde ver imediatamente, assim o sr. Sweet disse e pensou também consigo, que os dedos dela, longos e fortes, eram perfeitos para tocar lira e já — Então, Agora — pôde ouvir suas execuções e variações disso e daquilo; as execuções dela, por meio da lira, de concertos, quartetos, quintetos, suítes e todas as outras coisas do tipo. E então o sr. Sweet ficou preocupado que aquela coisa linda nadando no útero da sra. Sweet fosse nascer cedo demais, antes dos usuais nove meses no útero, e então seu cérebro poderia não estar completamente desenvolvido e aqueles dedos poderiam não alcançar o comprimento necessário para tocar a lira adequadamente e seu canal digestivo poderia não funcionar adequadamente, e a sra. Sweet foi mandada para a cama e cantou — para ela mesma e para a bela Perséfone também, que ainda não era bela e nem mesmo Perséfone, ainda — canções que ela conhecia de sua própria infância: *Two pence ha'penny woman, lie dun on the Bristol, de Bristol e go go bum-bum, an e' knock out she big fat pum-pum!* E a bela Perséfone — pois depois de um tempo ela realmente estava se tornando bela e ainda por cima Perséfone — cresceu e cresceu à perfeição no útero de sua mãe e então um dia, no outono, ela nasceu.

Diga Agora sobre então:

Na época em que Perséfone nasceu, três anos e nove meses antes do nascimento do jovem Héracles, o sr. e a sra. Sweet moravam na casa do verdureiro, um pouco acima do Holland Tunnel, e essa casa, construída em meados do século XIX, na época em que os Sweet moravam nela havia sido despojada de qualquer encanto: não possuía encanamento nem paredes adequadas, eram esburacadas e eles tiveram de repará-las e conseguir permissão para ligar a água e o gás e a luz elétrica e para dedetizá-la pois ao menos quarenta e cinco ratos viviam nessa casa. Então a sra. Sweet ficou grande, tão grande que o sr. Sweet, para fazer piada, na intenção de animar seu espírito, pois ela se desesperava com sua figura de balão quando se olhava no espelho, começou a chamá-la de Charles Laughton, e com isso ele se referia ao ator que um dia foi casado com a atriz Elsa Lanchester, mas então ele (o sr. Sweet) não estava pensando em ator ou atriz, não estava pensando na pessoa e na personificação, ele estava, no fundo de seu coração e de sua mente, pensando: minha esposa está grávida, tem uma pessoa por vir dentro dela e essa pessoa é alguém que eu não quero conhecer, não quero que se torne parte de mim, não sou capaz de tal intimidade, um bebê, uma criança, uma pessoa, como fazer tudo isso desaparecer, como permanecer eu mesmo (com isso ele queria dizer o sr. Sweet) se esse ser deve vir a existir; e o sr. Sweet pensou: Quão feliz estou em ser o pai dessa bela menina, que vai tocar duetos comigo, pois eu vou escrever músicas para ela, músicas para quatro mãos a serem tocadas no pianoforte, e vou chamá-las de *Noturnos para Perséfone*, vou chamar todas elas de *Noturnos para Perséfone*. Vou amá-la muito e vou conservá-la perto do meu coração. O sr. Sweet sorriu para a esposa, que estava num estado de vômito constante, e ela vomitava todos os conteúdos de seu estômago, uma e outra vez e às vezes ela sentia como se tivesse vomitado o próprio estômago.

Mas ela não vomitou o próprio estômago e a bela Perséfone cresceu dentro de sua barriga e um dia ela nasceu. Perséfone era bela, sem dúvida: seu rosto, cada parte, cada aspecto dele, encontrava uma proporção perfeita com a outra: os olhos em si eram exatamente iguais em formato e tamanho e se punham um de cada lado da ponte de seu nariz em forma de pétala; sua boca era como o começo da lua antes de ficar cheia, o primeiro quarto; suas orelhas eram como a casca que protegeu algum bocado delicado que vivia nas entranhas do mar e então foi morrer na praia; ela era bela, pensaram sua mãe e seu pai, e eles então não suspeitavam de que todas as mães e pais de todos os lugares, ao verem seu primogênito, diziam consigo: o amor é belo, a beleza é perfeita e justa. E como Perséfone emergiu do útero da sra. Sweet, ela era, então e agora, bela, e ao vê-la coberta de vérnix caseoso, a sra. Sweet se pôs a tremer violentamente, ela quis sair correndo para bem longe, mas não podia, pois o dr. Fuchs colocou a bela Perséfone em seus braços e ele estava muito satisfeito porque imaginou que tinha feito três pessoas muito felizes: a mãe e o pai e a criança recém-nascida. Em sua tremedeira, o corpo dela sacudindo como se fosse em breve passar para o próximo mundo, a sra. Sweet se segurou na recém-nascida como se a menina fosse uma corda de salvação para sua própria existência, e de fato assim era. E a sra. Sweet estava com muito medo pois se encontrava em um estado tal que poderia derrubar seu bebê no chão da sala de parto do hospital no qual a bela Perséfone tinha acabado de nascer, e ao cair no chão a bebê Perséfone iria se estilhaçar e se espalhar por todo canto, haveria pedaços dela aqui e ali; e logo antes de ela entrar em um estado de pânico, de irracionalidade, o sr. Sweet tirou a bebê de seus braços e a enrolou em um cobertor fornecido pelo hospital e a levou até o berçário e a deitou em um berço de vime, onde ela dormiu entre muitos outros bebês que tinham nascido mais ou menos ao mesmo tempo. É claro, a bela Perséfone abrira os pulmões quando chorou ao emergir inteiramente do corpo da sra. Sweet (ela vinha vivendo como um parasita da sra. Sweet enquanto crescia a contento no útero dessa querida mulher) e então caiu num sono profundo e nesse sono ela se tornou a bela Perséfone, uma e outra vez e para sempre. A bela Perséfone, pois ela já era isso então, precisava de nutrientes, é verdade, é verdade, pois não podia existir por si mesma apenas sorvendo o ar para respirar, e a sra. Sweet a pegou e pôs os sacos cheios de leite que descansavam indiferentes em seu peito na boca da bela Perséfone, que bebeu e bebeu, fazendo barulhos: sons equivalentes a quartetos, suítes, uma monodia, um solo, um duo, orquestral, sinfônico, um combo de todo som imaginável em harmonia, deleitoso e deleitável para um ouvinte de tais coisas, mas assustador para alguém que estava sentado ao lado de sua mãe, e esse era o sr. Sweet.

A sra. Sweet pós-natal, quer dizer, a mente e o corpo que eram então a sra. Sweet, existiu no mais remoto círculo de um inferno não reconhecido em nenhuma das escrituras. Seu corpo, da cabeça aos pés, havia se expandido de uma forma divertida para alguém: o sr. Sweet continuou a chamá-la amavelmente de Charles Laughton, mas quando ela via um reflexo de si mesma no espelho (enquanto escovava os dentes no banheiro, por exemplo), seu cabelo sujo e precisando de algum cuidado, a sra. Sweet se parecia com a esposa dele, a atriz Elsa Lanchester, em particular quando ela interpretou a jovem noiva do herói Frankenstein. De qualquer forma, "Hum, hum, hum" eram os sons ecoando então da boca da bela Perséfone enquanto ela chupava os mamilos da sra. Sweet, devorando audivelmente e com pressa o leite que saía deles, e o fluxo do leite a teria afogado se a sra. Sweet não estivesse prestando bastante atenção. Olhando para o rosto da mãe, que também era perfeitamente redondo e bulboso, a bela Perséfone se apaixonou por todo o ser de sua mãe, sem saber que o amor também vem acompanhado do ódio e do desdém — que é uma forma benigna de ódio. Como seja, a bela Perséfone amava sua mãe, a doce sra. Sweet, a mais doce entre todas as sras. Sweet que já existiram e a mais doce entre todas as sras. Sweet que poderiam vir a existir: seus seios redondos e cheios, seu rosto redondo e cheio, tudo de um marrom cintilante; seus olhos da cor de barris cheios de melaço, seu nariz se espalhando como o de um esquilo com as bochechas cheias de castanhas, ou como o de um mangusto com as bochechas cheias de anfíbios ou mamíferos mais fracos que atravessaram seu caminho; seus lábios amplos e grossos, como o bico de uma flor de pétalas alargadas (o hibisco); suas orelhas grandes e suaves e incomuns e singulares mas não guardando semelhança alguma com qualquer coisa do reino animal ou vegetal. E assim a bela Perséfone veio a se apaixonar pela mãe, a doce e gentil sra. Sweet, enquanto bebia dos sacos de leite que descansavam no peito da mãe. E Perséfone cresceu bela e ainda mais bela, mais e mais bela.

Logo depois do nascimento de Perséfone, o sr. Sweet começou a escondê-la; primeiro ele a levou para dar uma volta no quarteirão, colocando-a numa bolsa desenhada e manufaturada por uma mulher que vivia em algum lugar na Califórnia; então ele a levou para passear em um parque, um espaço desolado perto da elevada West Side Highway, e então ele foi passear em outro lugar, até que começou a levá-la para um passeio, só isso, um passeio, de forma que logo um passeio se tornou um destino por si só. Onde ela está? a sra. Sweet perguntaria a si mesma e também para o sr. Sweet, se pudesse vê-lo; de si mesma não vinha nenhuma resposta, pois ela realmente não sabia o que tinha acontecido com a bela Perséfone, e quando perguntava para o sr. Sweet ele apenas sorria e fazia "Hmmmmmh!" para ela e aquele "Hmmmmmh!" cantarolado para ele mesmo, os primeiros compassos de uma sinfonia, uma suíte, um quarteto, um quinteto, e assim por diante, previsíveis como a ordem natural das coisas conforme apareceriam na esfera em novembro e dezembro, as estrelas que poderiam ser vistas em toda a sua glória, se você estivesse no gramado da casa de Shirley Jackson e estivesse olhando para o alto, lá em cima veria a galáxia de Andrômeda e dentro dela uma luz brilhante conhecida como a Grande Nebulosa e mais perto as Nuvens de Magalhães e a Fornax e a Draco e a Ursa Menor, entre outras coisas que podem ser vistas lá em cima; e também Perseu e Cassiopeia e Mirfak e Algol; e tudo isso podia ser observado se você estivesse no gramado no lado de fora e além da casa de Shirley Jackson, mas quando Perséfone nasceu os Sweet então moravam na velha casa construída um pouco acima do Holland Tunnel, muito perto da Canal Street.

A bela Perséfone cresceu e ficou forte e grande, tão grande que ela parecia um coelho ilustrado, capturado, bem antes de ser cozido, o que então poderia satisfazer a fome de uma pequena família chamada McGregor; ela andou, deu um passo adiante antes de cair, dois passos adiante, se equilibrou e ficou de pé, e então atravessou a cozinha enquanto ao mesmo tempo falava não com ela mesma nem com ninguém em particular — o sr. e a sra. Sweet eram as únicas testemunhas —, só gritava: "Eu posso ver a lua, eu posso ver a lua", mas era no meio do dia e eles, todos os três, estavam na cozinha e as janelas da cozinha eram poucas. E a sra. Sweet pouco via a sua filha a não ser nas vezes que amamentava com seus sacos enormes cheios de leite que cresceram no peito da sra. Sweet, e então naquela vez quando ela comeu um cozido de carne bem moída e abobrinhas pela primeira vez e o sr. Sweet ficou bravo porque a sra. Sweet não tinha criado a vaca nem plantado os vegetais desde o princípio, apenas havia comprado esse preparado no mercado e no pote estava impressa a palavra "Beechnut". A bela Perséfone cresceu e cresceu e cresceu, e tanto fez que foi além do alcance de sua mãe, pois a sra. Sweet muitas vezes não podia encontrá-la, mesmo quando estava sentada diante dela a uma distância entre uma bela flor e a mão que vai arrancá-la do caule no qual essa flor cresce naturalmente; a sra. Sweet não podia encontrar a filha, aquela bela menina que nasceu quinze minutos depois da meia-noite, logo depois de a sra. Sweet ter tomado uma epidural, aquela bela menina cujos olhos tinham a forma dos peixes--voadores vistos perto da costa de Barbados. Assim então, em luto, a sra. Sweet se impôs um grande silêncio, e disso ela fez um mundo, desse silêncio, e esse mundo era feito de silêncio: nenhuma palavra podia ser ouvida se falada; nenhum alimento podia ser provado se comido; o gambá, que não pertence à família dos roedores, não podia ser visto na estrada em expansão infinita no crepúsculo quando atropelado por um carro, e seu fedor imundo, muitas vezes essencial em perfumes feitos para disfarçar o fedor imundo do corpo humano, caiu nesse silêncio. Um grande silêncio: um silêncio tão grande que ia além da capitalização! Em seu luto, ela engordou e ganhou uma aparência degenerada, como o ator Charles Laughton e também sua esposa, a atriz Elsa Lanchester, a sra. Sweet ficou parecida com eles como eram na vida real e também em seus papéis, não importava, nem para ela nem para qualquer pessoa que olhasse de fora. Então, um grande silêncio tomou a sra. Sweet e ela chorou e chorou e então chorou um pouco mais e depois disso ela tornou seu mundo escuro com gelo, pois o sr. Sweet havia pegado sua filha e a guardara no bolso de seu paletó, aquele que sua esposa comprou na ponta de estoque da Brooks Brothers em Manchester, não aquele idêntico ao paletó que seu próprio pai usava e que foi comprado na J. Press na Madison Avenue, e o sr. Sweet a conservou ali por um bom tempo e por todo esse tempo a sra. Sweet não viu o sol brilhando.

7

Naquela tarde, exatamente às quinze para as quatro, a bela Perséfone e o jovem Héracles saltaram do ônibus escolar e viram que a mãe deles, a querida sra. Sweet, não estava ali esperando para buscá-los. Eles viram o ônibus escolar, conduzido pelo insanamente chamado sr. Strange, desaparecer na esquina abaixo do Bennington Monument; eles viram seus colegas, meninos e meninas rebeldes que moravam em vilarejos cercados de sempre-vivas de todo tipo a não ser aquelas de folhas largas, e as sempre-vivas tinham a doença da ferrugem; e esses colegas eram muito maus, pois às vezes os meninos espancavam o jovem Héracles quase até a morte, e a disciplina de que ele precisava para se conter e não agarrá-los todos de uma vez com suas mãos grandes e marrons e torná-los tão sem vida quanto as meias velhas que eles usavam era maior que a força que ele tinha de fazer para abater a cidade de Tebas inteira como o lugar figurava em seu Nintendo portátil; como seja, esses meninos tinham nomes que não guardavam origens distintas, sendo chamados de Tad, Ted, Tim e nomes do tipo. Mas o ponto de ônibus estava vazio da sra. Sweet e o jovem Héracles ficou fora de si de tanta ansiedade e tristeza, pois ele amava sua mãe assim e somente assim; e uma nuvem escura cheia de um fogo tóxico surgiu em sua testa e Héracles a direcionou para o topo do Bennington Monument, uma estrutura dedicada a uma batalha que acabou numa derrota e num triunfo e os derrotados e triunfantes se encontravam agora acomodados na desfiguração normal da vida cotidiana, e ele fez o monumento vir abaixo, por pouco não atingindo um ônibus lotado de cidadãos alemães que justo então faziam um tour pela Nova Inglaterra.

E Héracles se encontrava tão fora de si com raiva e tristeza porque a sra. Sweet não estava lá para recebê-lo quando o ônibus escolar parou no ponto que ele afundou no chão e colocou os pés junto ao peito, o queixo descansando nos joelhos, de forma que ficou parecendo a ilustração de um bebê plenamente desenvolvido e intacto no útero da mãe, uma ilustração geralmente encontrada nas paredes de um consultório médico. Ah para com isso! E essa foi a voz da bela Perséfone, sua irmã, e era assim que deveria ser, pois era primavera e ela estava livre de uma vida nas profundezas do bolso do velho paletó de lá do sr. Sweet comprado na Brooks Brothers (e o forro desse bolso era feito de seda comprada em Hong Kong). Sem saber mais o que fazer, ela o ergueu com muita facilidade, como se o jovem Héracles fosse um aspargo recém-colhido, um punhado de morangos, ou um prato de peras, ou como se ela estivesse recolhendo o hamster que morreu durante a noite em sua gaiola, e o guardou no bolso de seu próprio paletó que era feito de polietileno tereftalato e o bolso em si era feito de raiom. Agora calma, ela disse, afagando a curva das costas do jovem Héracles com o dedão, seus outros quatro dedos protegendo a cabeça dele que descansava nos joelhos, acho muito chato que ela não esteja aqui para nos receber quando saímos do ônibus da escola. Onde diabos ela poderia estar? O que diabos ela poderia estar fazendo? Oh, ela só faz ficar ali naquele quarto escrevendo sobre sua maldita mãe, como se na história do mundo as pessoas nunca tivessem tido mães que quiseram matá-las antes de elas nascerem; e aquele pai estúpido, o sr. Potter, que nem sabia ler, e aquela ilhazinha estúpida na qual ela nasceu, cheia de gente estúpida que a história ficaria feliz em esquecer mas ela tinha que continuar lembrando todo mundo daquele lugar e daquela gente e ninguém dá a mínima e ela não suporta isso. E onde ela está? Ela está naquele quartinho ao lado da cozinha, e desse quarto ela pode ver a cozinha e ela está preparando sabe-se lá o que é que todos nós queremos comer e nenhum de nós quer a mesma coisa e como ela consegue continuar escrevendo aquela merda… faz ela parar, faz ela parar antes que eu mate ela e era muito melhor quando ela só tricotava meias para nós que eram grandes demais antes de serem lavadas e então ficavam muito pequenas depois de serem lavadas e elas só pegavam poeira no cesto de roupa suja porque ela não conseguia jogá-las fora depois de ter passado tanto tempo tricotando as meias e as toucas nunca nos esquentam, elas caem em nossos olhos quando estamos esquiando e eu quase me matei descendo aquela pista difícil com aquela touca estúpida que ela ficou acordada fazendo para me dar de presente; e é aquela escrita estúpida, aquela escrita estúpida, aquela escrita estúpida que não deixa ela chegar no horário do ônibus escolar conduzido pelo sr. Strange, também conhecido como Ralph, um nome que não possui uma linhagem distinta, e um homem, você sabe, que devia ser trancado numa cela de prisão enterrada bem fundo na terra, podia vir para nos pegar e nos levar para a casa dele e nos matar ou nos violar sexualmente e nós nunca mais seríamos vistos nem ninguém voltaria a ouvir falar de nós, não seríamos sequer mencionados no jornal da noite, varridos da face da terra como uma espécie de uma era geológica que ainda nem foi detectada — o que ela está fazendo, o que ela está fazendo, que diabos ela está fazendo? Ela está sentada lá naquele quarto diante da grande escrivaninha que Donald fez para ela e ela está pensando, pensando em uma sentença e numa forma de finalizá-la: minha mãe me mataria se tivesse chance, eu mataria minha mãe se tivesse coragem, e como se uma coisa dessas fosse possível, ela vive naquele mundo do quarto com a escrivaninha e a cozinha bem ali na frente e ela nos deixa aqui sozinhos para um homem vir e nos matar, para turistas alemães ficarem nos encarando, para todas as outras crianças e suas mães verem que ela não nos ama, ela só ama o mundo que carrega dentro da cabeça, uma torrente de mentiras, todas na cabeça dela, nós não somos nada para ela, nada, nada, só aquelas palavras na cabeça dela, e veja, a noite está chegando, a noite preta-azulada está vindo para nos engolir e nós nunca seremos encontrados, pois nos perderemos na noite, na própria noite, como se a noite fosse o mar preto-azulado.

Onde ela está, onde ela está…? Então, oh justo então a sra. Sweet apareceu em seu carro velho, o velho Kuniklos cinza, o carro velho que ela afetuosamente chamava de sr. McGregor, pois ela amava tanto personalizar tudo, como se todas as coisas no mundo inteiro tivessem sido feitas só para ela; e quando viu suas duas crianças ela inflou como um suflê e logo então em sua cabeça estava o menu do jantar: suflê de caranguejo, uma salada de folhas novas, cujas sementes foram compradas de Renee Shepherd e vieram numa embalagem desenhada pelos Shakers, uma agora extinta seita de gente devota, com vinagrete francês, sorvete se as crianças quiserem, e do mercado, não sorvete feito em casa por ela mesma — isso ela só fazia no verão; ela era muito orgulhosa deles, e por quê? A sra. Sweet não podia dizer, não agora, não então... Mas as crianças ficaram felizes em vê-la ou assim ela pensou então. A irmã havia libertado o jovem Héracles de seu bolso no minuto em que viu o Kuniklos velho e cinza alcançando o topo da subida diante da casa Gatlin; o jovem Héracles se desdobrou daquela eterna posição fetal e agora ele parecia fresco como uma flor que acabara de abrir, ou como uma flor que acabara de abrir vista em um filme de câmera rápida. A sra. Sweet pegou suas queridas crianças nos braços e as puxou para junto dela com os olhos fechados como se elas fossem um buquê perfumado de *Lilium nepalense* colhidos justo então, mas na verdade ela empurrou as crianças para o banco de trás do velho carro e havia mofo crescendo no piso, o teto do carro tinha um vazamento, a porta no lado do motorista não fechava direito, deixando entrar chuva ou neve conforme o caso. Em terceira marcha, ela virou na Silk Road, cruzou o rio Walloomsac pela ponte coberta, contornou ligeiramente as curvas da Matteson Road, virou à esquerda na Harlan e seguiu adiante até a casa na qual Shirley Jackson uma vez morou. Mas essa jornada para casa então, o que importa? O que importa isso agora? Pois há uma floresta entre a ponte coberta e a casa de Shirley Jackson e bem quando se aproximavam dela Perséfone passou a língua nos lábios e justo quando eles cruzaram a fronteira que separava cidade e vilarejo ela então explodiu em uma canção, não uma canção com notas cotidianas, não uma canção ouvida no rádio, e então mais uma vez, não era nem mesmo uma canção de verdade, era uma série de sons entoados, todos diferentes, e vinham em séries de doze ou talvez treze ou catorze, mas doze parecia mais plausível, ou assim a sra. Sweet pensou, mas apenas pensou, ela não sabia ao certo então ou agora, enquanto escrevia isso; e essas sequências de notas eram iguais e então não eram mais, pois não eram esperadas ordenações, pensou a sra. Sweet, e ela não quis meter uma meia esportiva masculina na boca da bela Perséfone, as ordenações eram aleatórias, pensou a sra. Sweet, e foi quando ela quis lançar a bela Perséfone no esquecimento, um esquecimento que era tão somente o céu, um lugar onde Perséfone podia ser guardada até a sra. Sweet voltar a ser capaz de suportar a mera presença dela. E a bela Perséfone cantou como se acompanhada por uma orquestra inteira, uma orquestra extravagante, como se ela estivesse em um grande salão e uma plateia sem nenhuma característica física definida, nada de narizes largos, nada de cabelos finos e loiros, com uma expressão indiferente, apagada dos eventos históricos, a estivesse ouvindo. Mas aos ouvidos dos demais passageiros do velho Kuniklos, um carro produzido na Alemanha mas que levava um nome grego, quão irritante era ouvir os conteúdos do catálogo da Delia's assim, quão irritante era ouvir os conteúdos do catálogo da Wet Seal assim, quão irritante era ouvir os conteúdos dos desejos da bela Perséfone assim. Ela cantou, embora cantar, aquele ato tão frequentemente associado ao sentimento de sermos transportados de nosso atual estado mental para um outro reino, um reino de algo diferente de nosso eu real, não fosse o que a bela Perséfone fez; ela cantou e seu canto em si era belo e ela cantou sobre o casaco de lã cuja bainha batia bem abaixo do joelho e sobre o casaco de lã cortado ao estilo de um marinheiro da Marinha britânica e sobre o vestido feito de barris de petróleo transformados em um tecido fino como gaze do qual foi feito um vestido de beleza surreal, e ela cantou sobre a saia que tinha pregas largas e era curta e sobre a saia que tinha pregas estreitas e era longa e sobre as botas de solado grosso e sobre as botas que iam até o joelho e sobre as botas que não podiam nem mesmo ser consideradas dignas de uso pela bela Perséfone ou por sua amiga Lamb do cabelo de fogo que morava na Mechanic Street, ou por sua amiga que morava nas fortalezas de uma montanha em North Adams, Massachusetts, ou por suas muitas outras amigas que passavam o verão com ela no Eisner Camp, em Great Barrington, Massachusetts. Sua voz nos mesmos doze tons e então em uma série que poderia ser familiar e então inesperadamente não era, ou assim parecia aos pobres e incivilizados ouvidos da sra. Sweet, pois a sra. Sweet só conhecia hinos anglicanos e então Mighty Sparrow e então Motown e então disco e então o jovem Héracles amava Jay-Z, quão cruel é alguém fazer você amar uma coisa doze vezes e então mudar para alguma outra coisa e fazer você amar essa coisa e então mudar para outra coisa e fazer você amar essa coisa também e então tornar nova a coisa que você amou sem dizer nada para você e então você passa a amar essa coisa nova também e então mudar para alguma coisa que você já esqueceu e fazer você amar essa coisa também e então mudar para alguma coisa que você conhece e amou então e ama agora e fazer você pensar que não conhece nada dessa coisa. Quão cruel! Assim pensou a sra. Sweet. Assim pensou a sra. Sweet, enquanto levava as crianças para casa, a casa que era a casa na qual Shirley Jackson tinha morado. E conforme a sra. Sweet se aproximava da casa, aquela bela casa, pintada de branco com colunas dóricas construídas no chamado estilo vitoriano, ela pensou que os doze tons arranjados em uma série e então repetidos uma e outra vez e então repentinamente modificados poderiam ser tão belos quanto árvores arranjadas em um conjunto de cinco, dispostas na diagonal e igualmente espaçadas, algo portanto chamado de quincunce, e essa repetição, esse desenho, é tão profundamente tranquilizador para o espírito, e a sra. Sweet pôde testemunhar isso, pois uma vez ela viu essa mesma coisa em uma parte florestada de um jardim na Toscana.

As doze séries de notas, sempre as mesmas, cada uma variando ligeiramente uma da outra, assim parecia para os ouvidos ignorantes e sintonizados com o Terceiro Mundo da sra. Sweet, chegaram a um fim repentino, a bela Perséfone calou a boca, e a sra. Sweet levou o carro cinza, batizado por seu fabricante em homenagem a um roedor muito amado pelas crianças e odiado por qualquer um com uma horta sem cerca, a uma parada abrupta! As crianças disseram "Jesus Cristo, Mamãe" e "Que merda, Mamãe", quando seus corpos se lançaram para a frente e então foram contidos pelos cintos de segurança que a sra. Sweet sempre insistia que elas usassem, e esse inesperado flerte com o desastre teria sido um prazer e uma emoção se tivesse acontecido num passeio em um parque de diversões, mas não na entrada de seu próprio lar doce lar.

Oh então, oh então, mas apenas para ver agora: pois o jovem Héracles entrou correndo na casa, atravessou as portas, e foi parar no mundo de uma cavalgada de figuras imaginárias, Tartarugas Ninjas, Morcegos Ninjas, Meninos Ninjas que vestiam capas de estilo re-quintado em cores muito vívidas para serem encontradas no mundo conhecido e eles lutaram e triunfaram sobre criaturas do mundo por vir, criaturas do mundo que já foi, e elas podiam ser vistas na televisão ou em fitas VHS, e de forma alguma em *Carmen Sandiego*; e a bela Perséfone entrou correndo em casa para enviar uma mensagem instantânea para Meredith e Samantha e Joan e Iona e Jenny e uma outra menina com a qual ela dividia lembranças especiais do Eisner Camp em Great Barrington, Massachusetts, e uma outra menina cujo pai via vaginas o dia inteiro porque era ginecologista, e outra menina cujos pais cuidavam de uma pousada em North Adams, Massachusetts, e outra menina que ela ainda não havia conhecido pessoalmente e nunca conheceria na realidade, e essa ausência de realidade entristecia a sra. Sweet, pois a realidade era o que fazia o Agora e o Então, e o Agora e o Então não guardavam diferença! Agora e Então não eram os mesmos e ainda assim Agora e Então: pois aqui estava a sra. Sweet e agora ela tinha duas crianças e o sr. Sweet era seu marido, o pai de suas duas crianças, esse era o seu Agora e esse era o seu Então, todos separados, e os separados formavam uma linha reta que agora convergiria no então, assim pensou a sra. Sweet, seguindo as crianças para as profundezas da casa na qual Shirley Jackson morou, e é verdade que o jovem Héracles e a bela Perséfone nunca tinham ouvido falar da mulher que havia morado naquela casa com grandes colunas dóricas, de arquitetura revivalista vitoriana e grega. E agora? Pois a sra. Sweet estava entrando na casa, e pouco antes de fazer isso ela parou na soleira e ficou imóvel: a seus pés jazia sua vida, enterrada bem fundo em uma escuridão infernal, cor de vinho ou não, e guardada por um bando de seus medos alados: "Não muito depois que me mandaram copiar os livros um e dois do *Paraíso perdido* como punição por mau comportamento na sala de aula, eu fui visitar minha madrinha, a sra. DeNully, uma mulher tão grande que era incapaz de ir do sofá até a poltrona sem ajuda, e se não tivesse ajuda ela não poderia fazer isso de forma alguma. Quando não estava dormindo, ela ficava na sala que continha o sofá e algumas poltronas, poltronas Morris, e muitos rolos de tecido de todos os tipos de tecelagem imagináveis, ou cada uma das tecelagens disponíveis para os armarinhos das Índias Ocidentais Britânicas. Esses rolos de tecido lhe chegavam de fábricas na Inglaterra e eram de muito boa qualidade e nem todo mundo podia comprá-los: a mulher que limpava a casa dos DeNully ganhou deles

três jardas de tecido no Natal. Havia linhos suíços e irlandeses ponti-
lhados e belos anarrugas e algodão bordado e fazendas de seda e todo
o tipo de coisas que dariam um belo vestido ainda mais naquela sala
com a sra. DeNully. A sra. DeNully era casada com o sr. DeNully e
ele trabalhava como gerente na Mendes Dockyard, que pertencia à
família com esse nome e eles vendiam todo tipo de coisas relacionadas
com um navio e todo tipo de coisas relacionadas com uma casa. Ele
saiu da Escócia sem dinheiro e sem família e foi para Antígua quando era um homem muito jovem, de uns dezesseis anos, e não muito
tempo depois ele conheceu e se casou com a sra. DeNully. Ela era
então a filha ilegítima de um homem rico; sua mãe era descendente
de escravos e seu pai era descendente de senhores de escravos, e ela se
parecia mais com os senhores de escravos e menos com os escravos. Sua
mãe e seu pai nunca se casaram. Seu pai era casado com uma mulher
com a qual teve uma filha, sua única filha legítima. Essa criança e
a sra. DeNully eram muito parecidas, mas se odiavam mutuamente
e esse ódio era tão arraigado que ninguém nem sabia quando havia
começado de fato ou qual era sua causa. Essa filha se casou com um
homem chamado Pistana e eu não me lembro agora de onde ele era
mas às vezes as pessoas diziam Portugal. Mas o sr. Pistana também
estava no ramo de armarinhos, e embora as duas irmãs nunca se fa-
lassem elas sempre indicavam clientes uma para a outra se os clientes
estivessem procurando um tipo de tecido que uma delas não tinha
em estoque. Na verdade, elas estocavam os mesmos tipos de tecido,
uma não vendia algo que a outra não tinha. Os tipos de tecido que
elas vendiam chegavam no mesmo carregamento de produtos têxteis,
no mesmo navio, que partia do mesmo porto na Inglaterra. Mas é na
sra. DeNully que eu estou pensando agora, e quando menciono sua
irmã, a sra. Pistana, e seu marido, o sr. Pistana, que vendiam panelas
e frigideiras e copos e pratos na outra metade do estabelecimento que
ele e a esposa possuíam, é apenas para tornar a sra. DeNully viva para
mim agora como ela foi então.

"A sra. DeNully teve quatro filhos, três meninos e uma menina, mas a menina tinha morrido fazia muito tempo, quanto tempo
eu não sabia então, e o tempo em que a menina foi viva nunca foi
mencionado. Foi por volta da época em que eu frequentava a escola

moraviana, e assim eu devia ter uns cinco anos de idade ou seis anos de idade, quando comecei a vê-la todos os dias. Eu ia até a casa dela para almoçar, pois a casa dela ficava bem ao lado da igreja moraviana e minha escola foi construída no terreno da igreja no século XVIII por missionários moravianos de algum lugar da Alemanha. Era bom ir até a casa dela para o almoço, pois então os dois cachorros que eram os animais de estimação de um dos filhos dela estavam presos. Eles não eram cães de guarda, eram animais de estimação, e para mostrar que eram animais de estimação e não meros animais eles comiam a comida que as pessoas comiam, não comida estragada ou raspas do fundo da panela ou outra comida que ninguém queria comer. Mas então, à tarde, depois da escola, quando eu tinha de passar lá e dizer obrigada e adeus para a minha madrinha, que seria a sra. DeNully, os cachorros quase sempre já não estavam mais presos; o filho, de quem eles eram animais de estimação, já tinha voltado para casa da escola e então os cachorros eram soltos. À distância eles podiam me ver saindo da escola e atravessando o campo e o velho cemitério e o gramado da casa do ministro moraviano e então, quando eu estava não muito longe da velha cisterna, eles vinham correndo para mim e pulavam em cima de mim e me jogavam no chão e ficavam arfando em cima de mim. Seus nomes eram Lion e Rover. Lion tinha a cor de um leão, um leão que eu tinha visto num livro; Rover era só um cachorro e era ele quem sempre colocava uma de suas patas dianteiras em cima do meu corpinho trêmulo e soltava o peso de seu corpo nele, então se levantava e deixava a outra perna dianteira no ar e enquanto isso ele respirava pesado e rápido. Eu então ficava com vontade de chorar mas não com lágrimas dos meus olhos ou um som saindo da minha boca, eu sentia vontade de chorar com o estômago, pois todos os meus sentimentos estavam no meu estômago mas eu não sabia como fazer isso. Então o dono dos cachorros aparecia como que por mágica, pois eu não o tinha visto em lugar nenhum, e ele olhava para mim e esfregava a cabeça dos cachorros e os chamava pelo nome e os alimentava com ovos de pata cozidos enquanto se afastava de mim."

Vendo então agora a criancinha que ela foi, vulnerável como as jovens trepadeiras de feijão que ela tinha que lembrar de regar, pois ela estava cultivando seus próprios vegetais desde a semente esse ano, e se não fossem cuidadas, elas murchariam e morreriam, como aquela criancinha murchou e morreu só para se tornar o Agora da sra. Sweet e para viver para sempre dentro dela. Inalcançável é essa criança: inconsolável e inalcançável, mas ali estava ela, a sra. Sweet, pequenas dobras de gordura cingindo sua cintura não-mais-tão-jovem e não importava quantas corridas de seis quilômetros ao redor da casa do Park McCullough ela fizesse na companhia de Meg, isso não ajudaria; seus braços eram do tamanho do lombo de porco vendido no Price Chopper, suas pernas ainda eram invejáveis, se alguém pudesse vê--las por baixo daqueles macacões pavorosos comprados na Gap e na Smith e na Hawken, e quando o sr. Sweet dizia seu eterno último adeus para a sra. Sweet, ele olhava para ela em seus macacões e dizia, Gostaria de encontrar um homem ou uma mulher que achasse você desejável; e por isso a sra. Sweet chorou uma vez mais e mais uma vez também; e nos joelhos, as calças permanentemente escurecidas por ajoelhar no chão, arrancando ervas daninhas ou plantando alguma coisa com um nome em latim difícil de pronunciar. Foi então que o sr. Sweet se intrometeu na prestação de contas da sra. Sweet para o seu próprio ser, ali na imaginação dela, e ela cruzou o limiar da entrada da casa de Shirley Jackson, abriu a porta da cozinha, atravessou o piso de pinheiro, parou diante do fogão, lavou algumas louças na pia, arranjou os ingredientes para o suflê de caranguejo, enquanto a voz da bela Perséfone cascateava escada abaixo, pois ela estava em seu quarto, e no mesmo tom que ela cantara na volta para casa ela cantou: por que vamos comer comida francesa, aqui é um restaurante francês, aqui não é um restaurante francês, eu quero ir no McDonald's; e então ela continuou cantando: você pensa que está com a gente, você pensa que a gente pensa que você está com a gente, mas você sabe que na verdade está dentro da sua própria cabeça e só o que tem nela é real para você e você vive naquele quartinho com a grande escrivaninha e a gente não significa nada para você, só a sua infância com toda a sua dor, como se ninguém mais tivesse sofrido na infância, como se só a sua mãe tivesse sido cruel com a própria filha antes; e então, logo então, todas as palavras dela se avolumaram no gemido alto de um poderoso corpo d'água indo cair nas pedras que foram arrancadas do cinturão da terra ou de algum lugar próximo por uma violenta erupção e que agora repousam precariamente com o fluxo d'água ininterrupto passando por cima e ao redor e por baixo delas e tudo isso situado em uma altitude fraca de oxigênio, e a voz da menina era dolorosa aos ouvidos, o padrão de séries e séries de notas, repetidas em ordem e a ordem repetida mais uma vez, era tão doloroso aos ouvidos. Mas a sra. Sweet seguiu adiante no preparo do suflê de caranguejo, acompanhando a receita de uma mulher que morava em Cambridge, Massachusetts, mas que era especialista em comidas francesas que nenhuma mulher francesa que a sra. Sweet tenha conhecido mostrou interesse algum em cozinhar. Contudo, e essa era uma das maneiras que a sra. Sweet tinha de tornar Ver Então Agora algo neutro, privado de seu poder de lançar poderosos sentimentos e sombras sobre as pessoas reunidas na mesa de jantar, ou sobre o campeonato de basquete para crianças que não jogam muito bem, ou sobre a discussão que acabará nos tribunais de divórcio e no reino da pensão alimentícia, ou da injustiça da pensão alimentícia para alguém que tem filhos mas nunca considerou seriamente como comprar pão para eles, ou sobre as maneiras de silenciar uma violação e rejeitar as consequências! Contudo, e ainda mais desdenhoso: tanto faz! A sra. Sweet seguiu adiante, ignorando deliberadamente o desdém serpentino no qual seu próprio ser se encontrou envolvido e sufocado quando ela adentrou aquele mundo de Mamãe e Mãezinha e Mãe etc.; e preparou o jantar e pôs a mesa sozinha, pois as crianças se recusaram a fazer isso, estavam ocupadas construindo uma réplica da Villa Adriana para a aula de latim, replicando os dutos que traziam água do Tibre para a casa romana, e objetos domésticos, úteis ou simplesmente decorativos, que eram encontrados naquele Então conhecido como civilização romana: e todo esse dever de casa seria orientado por um professor chamado sr. McClellan.

E no jantar: o suflê tinha pouco sal, muito sal, pouco caranguejo, muito caranguejo, o caranguejo estava velho, isso era certo, congelado, pois como poderia haver caranguejo fresco em um vilarejo num estado cercado de terra? Não existem caranguejos terrestres aqui. A salada estava murcha, a sra. Sweet havia temperado as folhas frescas com o vinagrete muito antes de servir. A bela Perséfone fez uma ilha com a salada em seu prato, a porção desmantelada de suflê era uma praia comandada por um terrível pirata dos tempos elisabetanos ou onde pessoas terríveis oriundas de Haarlem tomavam banhos de sol porque o inverno na Holanda pode ser terrível às vezes. O mundo é terrível, pensou a sra. Sweet, sentada à mesa de jantar com seu marido e os dois filhos. O sr. Sweet disse em alta voz, como se estivesse num palco se dirigindo a uma plateia: todas as tulipas que sua mãe plantou no último outono foram comidas pelo veado, um veado com um chifre de seis pontas, um veado velho e esperto com um bom gosto malicioso; o veado veio e comeu todas elas, justo quando estavam para florescer, justo quando alcançaram aquele ponto da germinação antes de explodir em flores, o veado veio e comeu as tulipas, cada botão um bocado suculento de algo que talvez fosse sagrado, talvez não, mas ele as comeu, se alimentou delas, devorou-as, deixando para sua pobre mãe nada mais que hastes verdes e altas onde deveriam estar, brilhando de orvalho, a "Rainha da Noite", a "Rainha da Holanda", "Papagaio Negro", a pequena *clusiana* "Cynthia", "Lady Jane", a *humilis* "Alba Coerulea", *turkestanica, kolpakowskiana, linifolia*, as híbridas Kaufmanniana e Greigii; onde deveriam estar florações únicas e precoces de "Príncipe Púrpura", "Maravilha Branca" e "Laranja Natalino"; onde deveriam estar florações duplas e precoces de "Mondial", "Monsella" e "Monte Carlo"; onde deveriam estar "Mariette", "Marilyn" e "Mona Lisa" com suas florações de lírio; onde deveria estar a "Sra. John T. Scheepers", especialmente a "Sra. John T. Scheepers", pois essa, entre todas as tulipas, é a tulipa favorita da mãe de vocês; onde deveriam estar todos esses tesouros pelos quais ela esperou ansiosamente durante todo o inverno, bebendo *ginger ale* na banheira e comendo laranjas até tarde da noite, sonhando com tulipas e com maneiras de estar viva que só me enfurecem (a mim, o sr. Sweet), e ela só faz isso para me enfurecer, pois eu (o sr. Sweet) quero vê-la morta, a bela Perséfone e eu queremos vê-la morta, a bela Perséfone e eu vamos pedir para o jovem Héracles matá-la mas ele tem tanto amor por ela, mas agora, neste momento, este agora, que alegria, pois o veado comeu as tulipas dela bem quando estavam todas prestes a se abrir em florações gloriosas. E as duas crianças explodiram em aplausos e bateram palmas e ergueram seus copos de leite no ar, até mesmo derramando um pouco do líquido em seus pratos, a comida agora parecendo algo a ser descrito por pessoas interessadas no obscuro e no incomum, e então elas explodiram em um coro de: quem pegou o turbante dela, o veado que pegou, quem pegou o turbante dela, o veado que pegou, quem pegou o turbante dela, o veado que pegou, chamada e resposta, resposta e chamada, e tudo isso atingiu um crescendo que se quebrou, doze notas discordantes, nenhuma delas destinadas ao encontro. Mamãe, Mamãe, Mamãe! Mãe! Os filhos da sra. Sweet sentados diante dela, a respiração deles era a respiração dela, que cheirava a todas as coisas doces que ela já tinha oferecido a eles, e seus nomes eram Perséfone e Héracles, não Rover e Lion, e como seja eles nunca tinham ouvido falar dessa história e assim não poderiam ter comido ovos de pata.

Trazendo seus filhos junto ao peito, a sra. Sweet os encheu de beijos, lembrando-os de que eles a amavam então, não apenas justo então, mas naquele então quando eles eram bebês e não podiam dormir sem seus seios produtores de leite na boca, aquele Então quando eles não sabiam atravessar a rua e ela teve de mostrar como, aquele Então quando o jovem Héracles só pegava no sono quando levado a um lugar onde homens operavam maquinários enormes e as máquinas faziam ruídos tão altos que não se podia ouvir os próprios pensamentos e os homens estavam trabalhando para realizar alguma maravilha da engenharia; aquele Então quando ela os levou para ver a divisória continental e uma geleira recuada no estado de Montana e inesperadamente encontrou uma espécie de clematite, *columbiana*, florescendo no lado de fora da cozinha do hotel em que se hospedavam, e lá dentro seu café da manhã estava sendo preparado e isso foi pouco antes de ela saber que o caminho para um lago batizado em homenagem a uma mulher que seria doloroso ter como amiga estava fechado porque um turista alemão tinha sido nocauteado por um urso-pardo no dia anterior, o verdadeiro propósito do urso era se alimentar de um filhote de alce que estava nadando no lago com sua mãe. Levando os filhos para os seus quartos no andar superior da casa de Shirley Jackson, Shirley Jackson sendo uma mulher já morta há muito tempo na época em que a sra. Sweet morava nessa casa e sendo uma mulher que a sra. Sweet jamais conheceria, mas seu ser contudo era muito presente mesmo que ela fosse uma desconhecida para a sra. Sweet enquanto ela seguia em sua lida cotidiana: a sra. Sweet

despachou as crianças para a cama sem incidentes, pois naquela época
botar as crianças na cama era um verdadeiro suplício para a querida
sra. Sweet, tão cheio de barganhas feitas em torno da merenda: a sra.
Sweet poderia mandar uns Oreos a mais para que a bela Perséfone
dividisse com a Joree, cujos pais não a deixavam comer coisas com
açúcar; a sra. Sweet deixaria o jovem Héracles brincar com o Gregory,
cujos pais eram cristãos devotos e faziam parte de algum ramo e seita
que a sra. Sweet não compreendia. E no fim das contas ela deixava
Héracles ir até a casa de Gregory para uma visita embora ao mesmo
tempo rogasse ou desejasse, rogos e desejos então sendo intercambiá-
veis e indistinguíveis, que nenhum mal lhe chegasse, e nenhum mal
nunca lhe chegou quando ele visitava a casa de Gregory. De qualquer
forma, a sra. Sweet ficou tão aliviada quando soube que Gregory logo
se mudaria para a Flórida. Mas logo antes de poder deixá-la ir —
porque ele sentia que ela queria voltar para aquele quarto tão odiado,
o quarto ao lado da cozinha, o quarto no qual ela comungaria com
o vasto mundo que começou em 1492, o quarto no qual estavam
sua mãe e seu falecido irmão e seus outros irmãos e todas as outras
pessoas que ela buscava mesmo quando tinham virado as costas para
ela, aquele quarto, aquele quarto: queimem o quarto, gritavam seus
filhos, queimem o quarto com ela dentro, gritava o sr. Sweet, mas a
sra. Sweet não conhecia outra forma de ser e como seja não sabia que
sua existência e seu modo de ser causavam tanta comoção nos outros
— mas logo antes de poder deixá-la ir, pouco antes de adormecer, um
estado de ser contra o qual ele lutava vigorosamente, pois Héracles
buscava dominar, e não ser dominado, ele disse para a mãe, Mamãe,
Mamãe, oh Mamãe! Me conte outra vez do Decano e da sra. Hess e
ele se referia àquelas histórias sobre duas criaturas das profundezas do
mar, um homem e uma mulher que eram casados um com o outro e
que fizeram isso sem ter guelras ou pulmões. O Decano cresceu em um
lugar chamado Oxnard, Califórnia, onde por duas ou três ou quatro
gerações sua família fez chapéus para todo tipo de gente e as pessoas
usavam os chapéus em todo tipo de evento: para ir à igreja, para ir
trabalhar nas minas de onde extraíam dos veios da terra todo tipo de
coisas que são apresentadas com destaque na tabela periódica, para
beber cerveja num bar, para se casar umas com as outras, para compa-

recer a um funeral, um batismo, um bat mitzvah, um bar mitzvah, para assassinar alguém, para fazer uma visita a alguém se recuperando de uma doença grave no hospital, para ir ao banco quitar um empréstimo a prestações, para comparecer a cerimônias de tradições originadas em partes não muito bem compreendidas do mundo conhecido, África apenas por exemplo; mas os chapéus feitos pela família do Decano eram agora parte dessas tradições e as pessoas que usavam os chapéus não se interessavam nem um pouco pelas pessoas que os produziam. A sra. Hess cresceu em um lugar chamado Massachusetts e por gerações sua família construiu móveis com os troncos de bordos e carvalhos e freixos e nogueira-branca e pinheiros de várias espécies e todo tipo de gente comia seus jantares e conversava e proferia juízos do tipo legal ou aqueles próprios de uma conversa banal; esse era o mundo da sra. Hess. Eles agora congregam nas páginas de um livro e seus altos e baixos todos têm lugar nas entranhas aquosas da terra e até mais fundo que isso, em lugares onde a substância da terra era não água mas apenas algo como água — líquido; e quando a sra. Sweet lia isso para o jovem Héracles, ele perguntava, o que isso significa, não água mas apenas algo como água, vamos Mamãe, vamos Mamãe, é água ou não é água e a sra. Sweet prosseguiria como se não tivesse sido interrompida e o jovem Héracles recuaria como se ele não a tivesse interrompido. Mas como seja, as aventuras do Decano e da sra. Hess, essas duas pessoas, que sem que jamais alguém tivesse feito isso antes habitaram e conheciam as profundezas aquosas da terra como se fossem a superfície e conheciam outras profundezas além dessa profundeza, tudo isso emocionava o jovem Héracles.

O Decano e a sra. Hess não possuíam pulmões nem guelras, pois eles não viviam na água nem em terra firme, pois ainda não pertenciam a esta terra como a conhecemos, mas eles viram a terra crescer densa e grande e maior ainda; eles viram um núcleo interno ser coberto por um núcleo externo que então foi coberto por um manto. "Bem, veja só", disse a sra. Hess para o Decano, justo quando o núcleo interno desapareceu sob o manto. Nisso, o Decano ajeitou os óculos. "Que cansativo", ele disse e a sra. Hess falou, "Você acha, espere só até termos filhos". O Decano quis perguntar, "O quê?" mas ele sabia que a sra. Hess odiava justo então qualquer carga incomum de ironia e ela poderia achar sua investida espirituosa inadequada. Ele não disse nada. Olhou para a sua esposa, seus belos cabelos cor de ferrugem, seus olhos da cor de um fogo refletido nos olhos vítreos dos dois gatos que decoravam os trasfogueiros no coração de uma lareira na Nova Inglaterra em meados de novembro; ele observava a esposa que girava e girava primeiro em uma direção, então na outra num esforço de se igualar aos próprios giros da terra; ela falhou e se afundou no próprio centro. E o Decano disse, "O que é isso!" e então por um momento ele se derreteu e silenciou. E então ele ferveu, não por ressentimento e raiva mas de tantos risos e aplausos direcionados à sua própria felicidade. Ele amava a sra. Hess. Ele a amava tanto! Ele a bombardeou de beijos que ela registrou mas aos quais ela sensatamente não reagiu. "É hora do jantar?" perguntou o Decano e a sra. Hess respondeu firme, "Ainda não!" e o tempo passou como sempre passou, como sempre passará, então e agora entrelaçados, indiferenciados, diferença, distinção, sujeitos apenas às leis da consciência humana. "Mamãe, Mamãe, o que foi? E aquela vez quando o Decano come um prato cheio de castanhas-da-índia quentes, que tinham acabado de ser assadas no fogo imortal, você sabe, o fogo que queima para sempre no centro da terra, aquele que está esperando para nos fazer voltar para a coisa de onde viemos, aquela coisa chamada universo? E essa parte? Você pode ler esse capítulo, por favor? Eu quero que você conte dos milhões de anos de chuva. Você pode pular para essa parte, por favor Mamãe, por favor Mamãe?" O jovem Héracles amava o tom suave e doce da voz da sra. Sweet enquanto ela lia para ele a história da criação, a história de como ele Agora era Então, a história verdadeira, a natureza de qualquer história, a história sendo a definição do caos, do instável, do incerto, da pausa que guarda a possibilidade do nada, vazio. E a sra. Sweet continuou numa voz muito imperturbável, pois a personalidade da mãe tranquilizadora lhe chegava pronta e facilmente: ela disse, falando pela sra. Hess, "Choveu uma espécie de água tão complicada com uma variedade de elementos e cada um deles separados ou combinados, não importava, seriam inóspitos à vida do mosquito que era um vetor da mais virulenta forma de malária e assim choveu por cem milhões de anos". O jovem Héracles perguntou, "Oh Mamãe, oh Mamãe, podemos ir para a África?". Mas a sra.

Sweet, ainda falando como a sra. Hess, disse, "Ainda não existe uma África, ainda não existe uma África", duas vezes, pois assim tornaria isso real e assim era real então e assim é real agora. "Chega por hoje, jovenzinho", disse a sra. Sweet, pois ela podia ver Agora e Então o mesmo ir e vir indistinguível da África, não mais do que uma massa de terra emergindo de bilhões de anos de um tremor implacável da terra, a terra indiferente a uma consciência individual única que poderia se manifestar na sra. Sweet, no jovem Héracles, ou em qualquer outra pessoa; e ela puxou o lençol e o edredom, misturados como estavam, lençol e edredom, até o queixo dele, e os ajeitou ao redor de seu corpo como se o jovem Héracles estivesse vestindo uma mortalha mas ele apenas dormiria e acordaria na manhã seguinte, não dormiria para sempre. Estava deitado na cama de baixo do beliche que a sra. Sweet havia comprado na Crate & Barrel, e o sr. Sweet reclamou do preço; a cama de cima era reservada para os amigos do jovem Héracles, Tad e Ted e Tim e Tom e Tut, assim eram seus nomes e eles não tinham medo de cair de uma cama tão longe do chão, ou assim diziam, e o jovem Héracles não acreditava neles. E logo antes de deixá-lo, logo antes de mostrar a lua para ele e dizer boa noite, a sra. Sweet disse, "Amanhã é outro dia e o que você vai fazer então?" pois para ela era familiar ver o agora, sonhando em qualquer caso. A sra. Sweet fechou bem o livro que continha as aventuras do Decano e da sra. Hess mas o Decano e a sra. Hess não ficaram preocupados, eles continuaram como sempre, como antes e depois e como agora: os óculos do Decano escorregaram do balaústre fino que era seu nariz por um momento, um momento de milhões de anos nos reinos dos batólitos e dentro de formações de fluidos densos que se solidificaram em granito, rochas se acalmando com o resfriamento. "Oh sim, oh sim!", disseram o Decano e a sra. Hess um para o outro, enquanto atravessavam o reino profundo, antes de existir qualquer superfície habitável, e eles criavam uma superfície que poderia se tornar habitável, mas não tinham nenhum interesse nisso então.

O tempo passou. Mas o tempo passa? Sim, passa e o Decano ficou com fome e perguntou para a sra. Hess, "Jantar?" ao que ela respondeu, "Ainda não!" pois isso se passava muitas eras antes de uma coisa dessas ser possível, jantar: comprar carne e vegetais no mercado, cozinhá-los, pôr a mesa, sentar-se para comer enquanto se repassam os eventos do dia, da forma como vivemos agora. A forma como vivemos agora! Sim, a forma como vivemos agora: a vulgaridade, a mesquinhez, a importância do eu, o eu degradado não devidamente considerado, o eu inútil, que de nada serve para consolar um indivíduo. A forma como vivemos agora! O Decano suspirou e se deitou e a sra. Hess, pensando nisso como um segredo dele, continuou a girar dessa forma, a rodar dessa forma, uma imitação do campo magnético da terra, mas como uma coisa tal poderia ser desconhecida para esse deus da geomancia? Liga de ferro-níquel, peridotito, gabro, granito — tudo conhecido por ele de cor e salteado. "Certo, tudo bem", ele disse para ela e as eras e períodos e épocas também atravessaram sua imaginação: Cambriano, Devoniano, Permiano, os -cenos, e foram muitos, os -cenos. O xadrez verde do edredom sob o qual se deitava o jovem Héracles subia e descia em um ritmo perfeito e constante, essa era a batida de seu coração, mas então ele se mexeu violentamente e sua mão balançou no ar e foi cair em cima das cobertas, aí sua mão descansou isolada como uma massa de terra, submergindo ou emergindo, nem um nem outro. Mas ele estava sonhando com flores, com campos e mais campos de trigo em flor, então farinha, e árvores floridas que dariam frutos, e então algumas que não dariam nada comestível, e ele passou a noite inteira assim: sonhando com flores e farinhas e frutos e flores que eram belos por si sós.

8

Quando eu era criança, disse a sra. Sweet para si mesma, falando consigo na imaginação, seus lábios que não podiam ser vistos se mexendo de forma alguma, seus olhos fixos nos pontos que as agulhas faziam, deslizando de um para o outro sob sua orientação, pois ela havia ensinado a si mesma a tricotar, deslizando o ponto tricotado pela agulha e então recuperando-o ao torcê-lo na direção oposta, transformando-o em algo como uma pérola e esse ponto era chamado de "tricô", e ainda assim a sra. Sweet sabia que seu método de tricô encontraria a desaprovação de qualquer autoridade olímpica; e a sra. Sweet estava tricotando um cobertor de bebê, seguindo a receita de autoridades que fariam cara feia para ela, tecendo um padrão de retângulos diagonais e quadrados, uma série de pontos-e-laçadas, e na época ela não estava esperando uma criança mas: Quando eu era criança, ela disse, eu pensava que o mundo era imóvel no começo e então toda a criação passou a existir exclusivamente para mim e que eu tinha nascido no Sétimo Dia. Eu achava isso, de verdade, até completar uns nove anos de idade e então algo aconteceu e o que foi mesmo?

Antes de eu completar nove anos, antes disso, algo aconteceu. Agora eu vejo que houve muita turbulência e agitação na minha vida, mas tudo isso teve a ver com a própria narrativa da minha criação, minha criação individual: eu não tinha permissão para chorar quando era repreendida por uma ou outra transgressão, e eu sofri muitas delas, pois eu estava sempre sendo repreendida, e eu sentia tanta vergonha das minhas imperfeições, mas se tivessem me deixado em paz eu teria sido perfeita: não havia nenhuma parte minha que eu achasse falha, meus pensamentos, minha aparência física, minha mãe nem nada do que ela fazia ou deixava de fazer. Eu aceitava toda a minha tristeza e todas as minhas ambições e tudo em relação a mim mesma. Mas parecia que eu era incapaz de fazer qualquer coisa que agradasse a qualquer pessoa e isso me incluía, meu próprio eu, embora na época eu não soubesse que eu mesma constituía uma coisa tal como uma existência. Eu não podia agradar as pessoas que conhecia e assim eu não podia me agradar. Uma vida inteira é destilada de algum evento ocorrido antes de você completar três anos de idade ou depois dos três anos de idade mas não após o sexto ano; uma vida inteira pode se expandir por seis mil anos e cada ano tem trezentos e sessenta e cinco dias, com exceção de um ano bissexto, e ainda seria assim: uma vida inteira é feita de algum pequeno evento, passageiro, um algo tão diminuto, profundamente enterrado em si mesmo, uma catástrofe, não facilmente detectável por você ou por um observador cuidadoso, mas visível o suficiente para um amante ou um colega de quarto ou para um vizinho que não te quer bem, o evento, que de fato se torna sua maior falha, ocorre quando você tem menos condições de impedi-lo, quando você tem menos condições de tornar benigna sua malignidade, quando você tem menos condições de escapar, como se não fosse nada mais que uma folha caindo de uma árvore em outubro, uma mudança de estação, um fenômeno bem aparente em algumas partes da atmosfera terrestre, sim, sim, é isso o que compõe uma vida inteira, o pequeno evento que não pode ser visto por você, mas pode ser visto por pessoas aleatórias, e esse pequeno evento torna você vulnerável aos desejos profundos e ocasionais dessas pessoas, aleatórias ou escolhidas, nunca se sabe, nunca se sabe realmente. A sra. Sweet disse tudo isso para si mesma em sua imaginação, e ela tricotou uma roupa, dessa vez um suéter feito em um padrão para ser vestido por homens que viviam numa ilha à deriva na porção norte do oceano Atlântico e essa ilha se formou ali num período chamado Carbonífero Inferior e os homens que viviam nessa ilha usavam essa roupa no mar. Um suéter de Aran foi o que ela tricotou, os pontos eram dois meia dois tricô e um meia dois tricô, ou dois tricô um meia e deixa cair um, ou deixa cair dois e então levanta um ou não levanta nenhum, e assim a sra. Sweet continuou: eu não tinha permissão para chorar; tantas vezes eu quis chorar, tantas vezes, mas quando o fazia, eu era repreendida de uma forma tão dura, me disseram que minhas lágrimas eram um sinal de que eu era tão orgulhosa quanto o herói caído de um paraíso perdido, que eu era Lúcifer ou algo como ele, e quando eu tinha sete anos de idade minha punição por mau comportamento na escola foi copiar à mão os livros um e dois do *Paraíso perdido* de John Milton; e na época eu vivia sem luz artificial, que seria fornecida pela eletricidade, eu morava então numa casinha com minha mãe e o marido dela, um homem que era meu pai por associação e essa associação o tornou mais importante para mim que meu pai biológico; e eu copiei aqueles capítulos, livro um e livro dois, e me identifiquei com Lúcifer, que não chorou, mas isso não era algo que eu soubesse da forma como eu sabia que preferia estar quente em vez de fria. Mas eu chorei: eu chorava quando minha mãe me levava com ela até a biblioteca pública de St. John quando eu ainda não sabia ler, e ela lia muitos livros para ela mesma comigo ali no colo dela observando seus lábios que nunca se mexiam mas todo o seu ser, o corpo dela, se transformava, pois ela não permanecia a mesma pessoa.

Mas a vida, a vida real, a forma como a vida se desdobra, isso nunca acontece da forma como imaginamos: assim disse a sra. Sweet consigo, enquanto fazia uma mala de roupas para o jovem Héracles que então ia para o campo de golfe com seu amigo, o igualmente jovem Will Atlas, e a sra. Sweet repassava em sua mente a cena do sr. Sweet dizendo para ela, bem, eu sei o quanto você se esforça mas eu amo outra e eu não vou desistir dela, pois ela faz eu me sentir como eu mesmo, meu eu verdadeiro, quem eu realmente sou, estou apaixonado por uma mulher oriunda de um clima e de uma cultura muito diferentes daqueles de onde você veio e ela é doce por natureza, como eu, e ela toca tudo de Brahms a quatro mãos ainda que só tenha duas como todas as pessoas, e ela é jovem e bela e pode parir crianças belas e doces por natureza como eu e elas nunca vão precisar tomar Adderall; a sra. Sweet então, quer dizer, enquanto o sr. Sweet lhe dizia todas essas palavras que formavam sentenças e faziam sentido e ainda assim não faziam, pois aquele homenzinho vestido com suas calças de veludo cotelê e um paletó de lã xadrez ao estilo de um nobre caçador da Inglaterra rural e dizendo essas palavras que quebraram seu doce coração, a sra. Sweet não podia ter nada a ver com tal pessoa, mas de qualquer forma aquele homem vestido com aquelas roupas era seu marido, o sr. Sweet, e então, logo então, ela entendeu todas as cenas breves que aconteceram antes: naquele janeiro, quando ela mais sofreu com a falta de calor do sol enfraquecido, o sr. Sweet fez aulas de dança de salão e ela quis se juntar a ele nessa atividade empolgante, e quando sugeriu isso ele explodiu numa ira tamanha que seria digna diante de uma sugestão de que ele jogasse uma bomba atômica em uma nação insular no oceano Pacífico mas então ele se acalmou e disse a ela, educadamente e com um sorriso, bem, não, você não pode ir porque Danny e Susan, e então para a sra. Sweet todas as palavras que se seguiram nessa sentença desapareceram, pois havia a bela Perséfone e ela precisava que coisas de todo tipo fossem enviadas para ela enquanto estava no Eisner Camp ou na St. Mark's School ou em alguma residência de verão em algum lugar, e então havia as contas a serem pagas para a manutenção da casa, que era a casa de Shirley Jackson, ou assim era chamada por todas as pessoas que moravam naquele vilarejo, que fica em ambas as margens do rio chamado Paran.

Oh Agora, oh Então, disse a sra. Sweet em voz alta, mas não importava, foi como se tivesse dito para si mesma, pois ninguém nunca poderia entender sua agonia, nunca, nunca entenderiam seu sofrimento, sua dor, nenhuma palavra poderia expressá-los, nada na existência poderia transmitir ou expressar a existência dela justo então, agora ou nunca, a voz de seu marido, seu marido envolvido por uma entidade chamada sr. Sweet. Eu estou morrendo, ela disse mas em silêncio; morro quando estou com você, disse o sr. Sweet para a sra. Sweet, eu estou morrendo e é por isso que eu odeio você, pois eu estou morrendo e não posso ser eu mesmo, meu verdadeiro eu, eu estou morrendo e você vai morrer quando eu disser isso, mas eu estou morrendo, eu estou morrendo, eu estou morrendo. Oh eu entendo, disse a sra. Sweet em voz alta mas nem ela pôde se ouvir, e tudo o que ela viu, então e agora, foi silêncio!

Mas então ela pôde ver o jovem Héracles sentado em um sofá no quarto de brincar, assistindo a Michael Jordan e Scottie Pippen e Dennis Rodman vencerem Karl Malone e John Stockton, e Michael Jordan então estava muito gripado e toda vez que marcava ponto ele quase caía mas seu companheiro de time Scottie Pippen estava sempre lá para ajudá-lo, e o jovem Héracles, que adorava Michael Jordan, tinha seus oponentes em muito baixa conta e dizia que eles eram sem graça, e a sra. Sweet fez pontos meia e tricô o tempo todo enquanto ouvia o filho dando vivas e gritando e gemendo e chorando em agonia diante da simples ideia de que o time de seu amado Michael Jordan perdesse, mas então eles ganharam e o jovem Héracles disse para sua mãe, ei Mamãe, sei que você vai dizer que isso é que nem Homero, que nem a *Ilíada*, e Agamêmnon e Aquiles vêm para salvar tudo, admita Mamãe, você vai dizer que isso é que nem Homero naquela vozinha engraçada que você faz como se estivesse no rádio, porque você fala que nem alguém no rádio, sua voz é formal mas você é só minha mamãe e você é tão ridícula que eu nem sei o que vou fazer com você, você é uma vergonha; e a sra. Sweet continuou tricotando, pois logo então ela faria toda a orquestra que tocaria a suíte de noturnos do sr. Sweet, mas para a surpresa dela, quando essa tarefa foi completada os músicos todos não tinham um dos braços que eles precisavam para tocar seus instrumentos. Tão inevitáveis são as séries de eventos vistas por cima do seu ombro quando você olha para trás a partir da série de eventos que estão diante de você, e na sua cabeça você pode ver as séries de eventos que estão por vir, que se encontram arranjadas diante de você, e elas aparecem como se estivessem em um espelho retrovisor mas apenas de reverso, como se o espelho retrovisor pudesse tornar visível uma coisa que ainda não aconteceu, pois talvez o Tempo, disse a sra. Sweet consigo enquanto tricotava aquelas roupas com uma manga faltando, fosse um pai, e não uma mãe, e a sra. Sweet não tinha pai, quer dizer, ela não teve um autor, ela foi criada por uma mulher muito cruel. Oh Mamãe, oh Mamãe, você não vê, disse o jovem menino para sua mãe, e ele estava pulando para cima e para baixo, correndo de um lado para o outro em meio às multidões reunidas de temerosos mirmidões, Tartarugas Ninjas, Power Rangers, Super Mario, Batman, vários bonequinhos de Guerra nas Estrelas, vários bichos de pelúcia, alguns lembrando animais domesticados, outros lembrando animais selvagens que se encontravam extintos agora; e todos estavam ali diante dele e todos também estavam diante dele em sua memória tão fresca, tão fresca e tão limpa, sra. Jackson, que eles ainda habitam o seu Agora; e o menino, o jovem Héracles, estava agora envolvido na tristeza de se preocupar com Ken Griffey, cujo pai fora uma lenda na tradição do beisebol, ou assim o jovem Héracles contou para sua mãe, e o jovem Héracles amava o jovem Griffey e assim se via envolvido em seu destino, que poderia não ser tão glorioso quanto o de Michael Jordan e Scottie Pippen e Dennis Rodman; mas justo então, quando ele estava sentado em sua poltrona no quarto de brincar, seu pai o sr. Sweet lhe disse, preciso te dizer uma coisa e o sr. Sweet disse, eu não amo mais a sua mãe, eu amo outra mulher que vem de outro lugar, outra mulher com quem eu venho tendo aulas de dança de salão e nós falamos sobre Mozart, pois ela toca o pianoforte com excelência e ela pode ser o próximo extraordinário gênio do piano do século, o século é longo porque séculos são longos, embora na sua vida você possa, ha ha ha, não achá-los tão longos quanto eu pensei, mas eu a amo e nada pode mudar isso e eu não amo sua mãe, você sabe, nós sempre fomos tão incompatíveis, pois ela saiu de uma embarcação cuja principal carga eram bananas, e ela é estranha e devia viver no sótão de uma casa que pega fogo, embora eu não deseje que ela esteja lá quando isso acontecer, mas se ela estiver lá quando a casa pegar fogo, eu não ficaria surpreso, ela é esse tipo de gente. E ao ouvir isso, oh nããããо, um longo uivo de dor subiu pelas entranhas e atravessou a escuridão da boca do jovem Héracles, e ele se enrolou e se desenrolou uma e outra vez como as pétalas de uma flor que desabrocha e murcha rapidamente assim fez o jovem Héracles, que apenas estava sentado em sua poltrona no quarto de brincar, assistindo na televisão ao jovem jogador de beisebol Ken Griffey no processo de ser ou jamais ser o grande jogador de beisebol que todo o mundo do beisebol pensou que ele seria.

E a sra. Sweet se parte agora em dois como se fosse feita de um material encontrado na formação da Pensilvânia mas ela não era feita desse material, era só o que sabia; e ela chorou e chorou sobre o corpo partido de seu filho, agora no sofá, a televisão estava ligada mas Ken Griffey não estava nos pensamentos da sra. Sweet, o sr. Sweet nunca ligou para o beisebol a não ser pelo fato de que gostava de Willie Mays e podia dizer coisas sobre Willie Mays e isso era uma grande coisa, ver grandeza em um livro infantil; e a sra. Sweet se partiu em dois continuamente, e continuou se partindo uma e outra vez, nunca em muitos pedaços, apenas os mesmos dois, seu coração, sua cabeça, e especialmente seu coração, e logo depois o circuito elétrico de seu coração ficou errático e precisou ser removido. Mas então, logo então, o sr. Sweet elaborou para o jovem Héracles todo o seu desencanto com a mãe do jovem menino: ela ronca terrivelmente; ela cheira a passado, pois ela está envelhecendo e eu também, disse o sr. Sweet, mas as mulheres jovens gostam de mim e eu não gosto de mulheres velhas, disse o sr. Sweet, sua mãe é velha; ela veio a gostar de Wittgenstein mas não o compreende; ela gosta de *Erwartung* mas não compreende o que lê, é ingênua demais, primitiva demais, divertida demais, é maravilhosa quando você está tentando criar coragem, mas quando você está com ela e enfrenta suas limitações, ela é uma piada, uma vergonha, ela não faz o meu tipo, nós somos incompatíveis. Mas Papai, mas Papai, disse o jovem Héracles, o que vou fazer? e agora ele se encolheu na forma de um pedaço de papel no qual a coisa errada foi escrita e lançada na lixeira para nunca mais ser lembrada, e a sra. Sweet pegou seu doce filho e o enrolou em um cobertor que ela havia feito e essa peça não tinha defeito e ela o enrolou nele e o colocou na cama de baixo do beliche, uma cama feita de freixo e comprada na Crate & Barrel.

No canto do quarto onde o jovem Héracles ouviu as acusações contra sua sagrada mãe, ele a amava tanto, ele a achava ridícula, sua obsessão por plantas e flores e os frutos que davam; seu desejo de comparecer à noite dos pais na escola usando culotes jeans, o uniforme dos trabalhadores de algum país muito distante, para que todos os outros pais pudessem ver que ela não era nada como eles; sua paixão por preparar coisas que demoravam muito tempo para cozinhar: pato ao molho de ameixas, que levava dias para ficar pronto; as outras mães não sabiam que ela sabia de cor a letra de "Stan" e que ela amava o Dr. Dre; uma vez ela foi para a China e passou semanas coletando as sementes de plantas que ela poderia cultivar em seu jardim; na época ela disse para um homem que levava a família para fazer compras em Manchester e que pegou a vaga dela antes de ela ter chance de estacionar o carro direito, tomara que seu pinto caia, e o homem, que nunca tinha sido tratado desse jeito na frente de sua preciosa família, ficou furioso, e tanto que isso o encheu de vergonha e ele quase teve um colapso mas logo se recuperou e não cedeu a vaga e entrou no outlet da Ralph Lauren e nunca mais foi visto pelo jovem Héracles; e Mamãe é tão ridícula e ela é tão ridícula e Mamãe é tão ridícula, e pensou na vez que ela o ensinou a lhe preparar um martíni para que ele pudesse servi-la às cinco e meia da tarde enquanto ela estava no jardim fazendo alguma coisa com a qual ninguém mais da família se importava, e foi nesse dia que o sr. Sweet chegou em casa e perguntou ao jovem Héracles, você viu minha bela esposa? e Héracles respondeu, não mas se você está procurando a Mamãe, ela está no jardim, e Mamãe, ela amava o jardim como a uma pessoa ou algo do tipo, assim pensou o jovem Héracles, e nenhuma das outras mães era assim, nenhuma delas pensava que o jardim era como uma pessoa com necessidades individuais e que precisava de atenção e cuidado e podia enriquecer sua vida interior, assim pensou o jovem Héracles, nenhuma das mães dos meus amigos era como a Mamãe e isso é tão vergonhoso, Mamãe é uma vergonha, se ela não fosse minha mãe eu teria saído por aí e encontrado uma mãe que não fosse nada como ela, uma mãe que era apenas igual às outras, pois Mamãe é uma vergonha. E fora do quarto em cujo canto estavam os temerosos mirmidões e as Tartarugas Ninjas e os Power Rangers e Darth Vader e Luke Skywalker, mas nunca a princesa Leia, e Batman mas nunca Robin, lá fora estava a casa na árvore que Rob construiu com a madeira que o sr. Sweet havia encomendado sob medida no depósito de madeira dos Greenberg, e Rob largou a madeira nas sempre-vivas plantadas no quintal da casa de Shirley Jackson, e embaixo da casa na árvore havia o tanque de areia: a casa na árvore era só uma plataforma rodeada pelos galhos muito longos das sempre-vivas que formavam um véu de lágrimas verdes e escondiam insetos que se alimentavam de suas secreções, e as crianças, que seriam a bela Perséfone e o jovem Héracles, odiavam a casa na árvore, e assim eles ficavam embaixo dela, onde ela formava uma cobertura para o tanque de areia; no tanque de areia havia uma mesa com bancos, como aqueles dispostos em uma praia pública ou num parque estadual para qualquer um que queira se sentar, pois às vezes as crianças fingiam que eram esse tipo de pessoa, alguém passeando por uma praia ou por um parque estadual, pois eles viviam nas montanhas, pois o sr. e a sra. Sweet nunca em sua vida de casados, nunca em sua vida como os pais de duas crianças saudáveis, haviam participado dessa tradição familiar, aquele transformador e celebrado evento chamado férias em família, pois o sr. Sweet temia espaços de todo tipo, fossem abertos ou fechados. E nesse tanque de areia havia um trator John Deere em miniatura que não tinha nenhuma utilidade real, apenas fazia o jovem Héracles, sentado em seu banco, acreditar que ele era um fazendeiro colhendo uma colheita imaginária de nenhum tipo em particular em um campo imaginário, ou preparando o campo imaginário para a época de plantio imaginária por vir, sendo geralmente apenas um homem imaginário no comando de uma poderosa peça de maquinário e apenas imaginando a si mesmo como uma pessoa estranha aos pais, o sr. e a sra. Sweet, pois eles tinham comprado o maquinário agrícola de brinquedo e eles também tinham comprado a escavadeira de brinquedo feita de um plástico resistente e os baldes em miniatura e as pás e garfos e carrinhos de mão em miniatura, todos em tamanho de brinquedo, todos inúteis, todos sem relação alguma com as pessoas reais e verdadeiras que eles queriam que a bela Perséfone e o jovem Héracles se tornassem.

Oh agora, meia e tricô, meia e tricô, dez pontos para cá, vinte pontos para lá, deixar cair alguns deles agora, levantar outros depois para formar um padrão que tomará a forma de uma peça de roupa utilizável, ou a cobertura de uma cama: pois o que ela estava fazendo agora? Ela tinha começado a se dedicar ao tricô? Pelo menos não é caro: jardinagem é caro; o terraço e o muro custaram quarenta mil dólares; uma réplica de um chalé de Yaddo não custaria tanto e o pobre sr. Sweet ainda poderia usar esse chalé, pois ele compunha suas composições em um quarto em cima da garagem e de lá podia ouvir os giros da máquina de lavar e então o zumbido estridente da secadora, e portas batendo, não por raiva mas por imprudência, e os gritos de dor ou prazer das crianças, e aquela puta cantando "Where Did Our Love Go", e a palavra "amor" não deveria poder cruzar os lábios dela, pois ela não sabia nada disso, daquele doce segredo do sentimento, daquela coisa preciosa, o momento em que seu coração encontra o coração que complementa o seu eu verdadeiro, aquela colisão de sentimentos entre você e outra pessoa que emanam de seus interiores profundos, do fundo do seu coração, do seu estômago, dos seus intestinos, das suas entranhas, apenas entre você e outra pessoa, tão inesperado, tão poderoso que faz explodir a caldeira da casa na qual tenho vivido com uma puta ignorante, e então o amor acalma com noturnos para pianos a quatro mãos, festivais e aulas de dança de salão também. E todos esses pensamentos fluíram do sr. Sweet, desconhecidos para sua esposa, que ficava no desconhecimento, aquele espaço invisível a olho nu, e tentava descobrir como veio a se tornar ela mesma, desfiando várias partes da peça de roupa que tinha sido sua própria vida: a bainha dessa roupa havia se desfeito, se arrastava pelo chão e sujava e de tempos em tempos a fazia tropeçar nela mesma e ela caiu e ralou os joelhos e machucou a testa e os cotovelos também, a bainha precisa ser costurada, pensou a pobre sra. Sweet, a bainha precisa ficar mais segura, pois os cotovelos e joelhos e a testa são apenas partes visíveis, todas as partes dela que a peça de roupa desfiada machucaram não podem ser vistas, nem por ela mesma, apenas sentidas às vezes quando o sal de suas lágrimas secava em suas fendas rasas.

Oh Mamãe, oh Mamãe, a sra. Sweet ouvia essas palavras, embora para a pessoa de cujo ser elas emanavam não fossem palavras de nenhuma forma, eram a própria vida, e essa pessoa era a bela Perséfone e essa pessoa era o jovem Héracles, e nestas palavras, oh Mamãe, oh Mamãe, ela podia se ver e se imaginar como mãe e protetora deles e sua navegadora em um mundo no qual a circunferência era conhecida: as crianças chamavam pela mãe mas a sra. Sweet gostava tanto de viver em sua peça de roupa: a mortalha de seu passado, sua infância, sua vida anterior, sua vida enterrada em todas as pessoas das quais ela descendia ou ascendia; sua própria vida logo então, agora mesmo, tão doce para ela, cada momento da existência cotidiana tão repleto de satisfação: seus dois filhos eram despertados cedo pela manhã para serem vestidos em roupas que ela havia aquecido na secadora, pois eles odiavam vestir roupas frias, e serem alimentados com waffles no café da manhã, a massa feita na noite anterior e guardada na geladeira, e por cima dos waffles ela jogava o xarope de bordo que havia comprado de um homem que morava numa fazenda na estrada para Shaftsbury, um vilarejo que ficava a oeste do lago Paran, e antes de jogá-lo nos waffles ela o aquecia no forno micro-ondas; ela acendia o fogo na lareira e eles se sentavam diante dela, uma tela posicionada entre eles e as próprias chamas para proteger as crianças das brasas que se soltavam; ela os colocava no carro, um carro cinza de uma marca qualquer, não muito caro, produzido em um outro país, não este, e os levava até o ponto de ônibus onde eles embarcavam no ônibus escolar amarelo, confiando-os a um motorista de ônibus que poderia estar ou não de mau humor, tudo dependia do comportamento das outras crianças que embarcaram nas muitas outras paradas anteriores. E depois de ver o ônibus escolar desaparecer na Monument Avenue e passar pela igreja em cujo cemitério jazia Robert Lee Frost e alguns de seus filhos, ela então entrava no carro e dirigia lentamente pelo caminho de onde tinha vindo, passando pela casa Gatlin, virando na Silk Road, cruzando a ponte coberta na Silk Road, entrando na Matteson Road, virando na Harlan e então dirigindo até sua própria casa, a casa na qual Shirley Jackson um dia morou. Lá dentro agora, era como se as crianças, suas próprias crianças, não existissem, apenas ela enquanto criança existia, e ela agora adentrava o templo, o coração sagrado de sua própria vida: Ver, Agora, Então, e isso seguiu adiante e adiante, essas visitações, uma jornada santa pelo seu passado, às voltas naquele quarto no qual ela ficava e examinava sua vida como tinha sido, como era e como seria, pois era tudo igual, assim como sempre foi e assim como sempre seria:

"Ser abandonada é a pior humilhação, a única verdadeira humilhação, e é por isso que a morte é tão imperdoável, pois a vida te abandona e te deixa só, por você mesma, à parte de tudo, de forma que você se torna nem mesmo um nada, tudo o que você costumava subjugar, aquela pessoa ou coisa ou evento, se perde para você na morte, e nenhum memorial, nenhum in memoriam, nenhum monumento erigido em sua homenagem pode anular o fato de que na morte você é impotente para a ação, você não mais está no Então e no Agora, você não é mais nada e só existe à mercê da vontade de outras pessoas e só existe se elas desejaram que você exista, pois sua existência pode ser útil para elas, e então quando deixa de ser você é abandonada de novo, dispensada por outra pessoa, e será Agora mais uma vez, pois o Agora é contínuo e nunca cessa, o Agora é implacável, inacessível a tudo o que é conhecido, e até desconhecido, inacessível a tudo o que se pode agarrar e segurar firme a tudo o que se pode agarrar e segurar firme — e ser abandonada é a verdadeira, a verdadeira natureza da humilhação e se encontrar num estado de humilhação é a morte e estar morta é ser humilhada, pois então você não pode nem mesmo conhecer sua situação e sentir pena de si mesma. Agora, Agora, Agora, o que representa a vida em si, o que representa a vida em si, derrota você e te transforma em lixo, algo descartado, pego pelo vento em uma rua vazia, a esmo, a esmo. Agora, Agora e Agora mais uma vez: por aquele instante repleto de tudo o que constitui sua verdadeira vida mas que está sempre fora de alcance, primeiro parece apenas a um braço de distância mas está sempre fora de alcance, e o esforço cansa você mas você pode ver que está quase ao alcance e você tenta pegá-lo mais uma vez mas ele continua quase ao alcance, sempre fora de alcance, e você tenta de novo e de novo mas os momentos se amontoam por cima uns dos outros e estão sempre fora de alcance, e então a morte em si é um momento que nunca está fora do seu alcance mas a morte em si torna você incapaz de fazer o esforço de alcançar" — assim disse e diz a sra. Sweet para si mesma enquanto entra em sua casa, agora vazia de crianças, agora o fogo diante do qual elas tomaram seu café da manhã era apenas brasas, agora seu quarto chamava, o quarto infernal no qual ela deu vida a tudo aquilo que a fez, aquele quarto ao lado da cozinha onde ficava a escrivaninha que Donald fez para ela, e a sra. Sweet tricotou uma roupa para si mesma.

Oh Mamãe, oh Mamãe, gritava o jovem Héracles, tão abalado ele estava então, deitado no sofá onde antes dos eventos que o levaram a dizer, oh Mamãe, oh Mamãe, ele estivera assistindo: basquete, tênis, golfe. Oh Mamãe, oh Mamãe, ele gritou e se encolheu como se tivesse realmente sido vencido por todos os seus trabalhos, todas as tarefas que tinham sido colocadas diante dele, uma depois da outra: o leão de Nemeia, a hidra de Lerna, a corça de Cerineia, o javali de Erimanto, os estábulos de Áugias, as aves do Estínfalo, o touro de Creta, as éguas que pertenciam a Diomedes, o cinturão de Hipólita, os bois de Gerião, as maçãs das Hespérides, a captura de Cérbero, quando é bem sabido que em todas as versões dessas histórias ele triunfa uma e outra vez, mas nem tanto agora, e sua mãe chorou e chorou ao vê-

-lo ali tão encolhido, feito lixo, um pedaço de papel esperando para uma brisa suave soprá-lo em direção ao seu destino; e suas lágrimas, as dele e as lágrimas de sua mãe, ficaram separadas, pois ela chorava por um sentimento de fracasso, ela havia fracassado em impedi-lo de conhecer a amargura de um pai fraco e invejoso, ela tinha lhe dado um pai que não sabia nada disso, que não sabia como amar um filho, como estimar um filho e conservá-lo inteiro, conservá-lo como um ser completo, inteiro e intacto, com todas as suas costuras firmes, impermeáveis, e tudo isso para dar a ele uma noção de sua própria inevitabilidade de se tornar um homem por inteiro, para vê-lo se tornar um pai de pais, gentil e amável, cheio de amor e generoso, e não se tornar um tirano, um traidor, mau de corpo e alma; mas ela não havia encontrado para o seu jovem Héracles um pai capaz de amá-lo tanto que preferiria ser extinto e jamais conhecido pela consciência humana, um pai que preferiria estar morto a fazê-lo se encolher no sofá justo quando ele estava no meio de uma partida de futebol de domingo à tarde na TV. Oh Mamãe, oh Mamãe, e ele se dobrou como se fosse um croissant, algo que ele adorava e a sra. Sweet costumava fazer para ele, ainda que pudesse encontrar croissants feitos por Sara Lee na seção de congelados do supermercado, e ela fazia para as crianças um bolo de libra, usando a receita do livro *A arte da boa confeitaria* de Paula Peck, ainda que um bolo de libra pudesse ser encontrado ao lado dos croissants produzidos pela mesma entidade, Sara Lee. E ele se dobrou e assim fez sua mãe, a querida sra. Sweet, pois ela era muito querida no amor que sentia pelos filhos, ainda que pudesse de quando em quando estar equivocada, ser irrelevante, ou irremediável, e ela não suportava vê-los sofrendo, e foi tudo isso o que a fez criar o quarto ao lado da cozinha no qual ela entrava e desenterrava seu passado, que costumava ser seu Agora e havia naturalmente se tornado seu Então, como em Então eu fui, Então eu fiz, Então eu me tornei, e ela se dobrava e se encolhia sentindo muita dor e sofrimento ao lado do jovem Héracles, que estava então dobrado na forma de parte do seu café da manhã e dos representantes de sua imaginação dentro e fora do quarto, e naquele tempo sua própria mãe estava morta e ela ficou feliz que uma tal pessoa tão crucial em sua própria existência não estivesse mais viva, uma tal pessoa que poderia e teria se alegrado com esse momento significativo do abandono da sra. Sweet não estava viva, estava morta, e a morte não tem Então e Agora.

E o sr. Sweet disse, eu amo a sua mãe, eu amei a sua mãe, eu sempre vou amar a sua mãe, ela é tão querida comigo, a querida sra. Sweet, mas ela é tão horrível, você já ouviu a forma como ela fala com os garçons, ela é tão objetável, eu jamais diria isso para você porque eu realmente não poderia, na nossa casa nós comemorávamos o Natal e a Páscoa e nunca éramos rudes com as pessoas que nos serviam e sua mãe estaria entre as pessoas que nos serviam mas ela, a sua mãe, era tão interessante, quando eu soube dela pela primeira vez, ela estava interessada no arranjo do firmamento e eu lhe comprei um telescópio de aniversário e ela amava insetos, borboletas em especial, e eu lhe dei uma rede para pegar borboletas pois eu conhecia Nabokov ela não conhecia Nabokov e eu sentia tanto prazer em ver seu deleite por tudo o que eu poderia lhe mostrar, ela realmente recompensava meus esforços mas então ela virou um monstro e um dia eu notei que ela era rude com os garçons e eu podia ser rude com garçons mas sabia que era errado; mas um dia ela foi até a Alldays & Onions para comprar umas alcaparras especiais e ela viu a garçonete falando gentilmente com um homem, um homem feio, e a garçonete disse para o homem feio, oi bonitão, como posso te ajudar hoje? e depois de toda a transação sua mãe perguntou para a garçonete, como você consegue falar desse jeito com um homem tão feio, e a garçonete respondeu, ele é meu marido. E sua mãe voltou para mim cheia de descrições de campos de flores cor-de-rosa que tinham a forma de punhos e foi para vê-las, os campos de flores cor-de-rosa parecidas com punhos, que ela pegou aquele caminho para a Alldays & Onions, e foi lá que ela insultou a garçonete e o marido dela e isso foi a gota d'água, foi então que eu quis estar com alguém que não seria instintivamente indelicada com pessoas que serviam a mim e minha mãe e meu pai e meu irmão e seu amigo, e sua mãe era alguém incapaz de fazer uma distinção dessas. Eu queria que ela medisse as palavras, que ela mordesse a língua dela fora, eu queria que ela simplesmente morresse. Oh jovem Héracles, oh jovem Héracles, onde está você? Você está debaixo do cobertor do meu desespero que é a sua mãe, aquela mulher verdadeiramente abominável, a sua mãe, a sra. Sweet?

Oh agora, oh agora, essa era a sra. Sweet transformando em história os eventos que eram Agora e que sempre logo se tornavam Então, enquanto tentava com grande sucesso impedir que o jovem Héracles se aproximasse e entrasse pelos portões de Austen Riggs ou alguma instituição do tipo, ou que se aproximasse dos portões e então ocupasse os quartos e corredores das pessoas que foram abandonadas pela mãe e pelo pai e por irmãos e irmãs e tias e tios e primos, irradiando tanto quanto possível e então declinando tanto quanto possível, e foi de uma tal situação que sua mãe tentou salvá-lo, enquanto o jovem Héracles estava no sofá, dobrado na forma de uma coisa deliciosa de se comer no café da manhã, e seu pai disse a ele que não amava mais sua mãe, que sua mãe era uma pessoa adorável mas que ele não a amava mais, ele amava outra pessoa; e o jovem Héracles não encontrou outra forma de compreender isso a não ser desta forma: a bela Perséfone ridicularizava o amor da sra. Sweet pelas flores pois a sra. Sweet comprava plantas em quantidades que excediam o espaço do jardim no qual ela poderia plantá-las e a jovem e bela menina observou o dilema da mãe e fingiu que ela era uma compradora encomendando as plantas pelo telefone: "Alô, você tem *Madonna de Detroitii Fedorentum*? E quanto custa? Cem por noventa e nove centavos? Posso pedir um milhão, por favor?" e isso fez a família inteira, que seriam o sr. e a sra. Sweet, a bela Perséfone e o jovem Héracles, explodir de rir com a extravagância da sra. Sweet, com a tolice da sra. Sweet, e como seja a sra. Sweet acreditava que oferecer diversão e risos para sua família não era diferente de oferecer o jantar. Mas então houve a ridicularização no jantar, que foi um assado de Mamãe, algo como uma reunião de comediantes que diziam coisas maldosas mas verdadeiras uns sobre os outros e o evento era impessoal e lucrativo de todas as formas, mas na mesa de jantar dos Sweet a sra. Sweet pôde ver o riso que suas vulnerabilidades ofereciam mas ela não ficou feliz ao ouvir suas falhas e fracassos sendo apresentados com tanto gosto: as plantas que custavam tão pouco individualmente mas que então quando compradas em quantidade ficavam caras e assim sua família pôde mostrar que ela não entendia realmente o verdadeiro custo material de sua vida cotidiana; e isso foi tão devastador para a sra. Sweet, pois sua história, seu próprio ser, sua existência atual eram profundamente implicados com o verdadeiro custo da vida cotidiana e podiam ser usados como exemplo disso, não de uma vida cotidiana exata, mas uma aproximação. Mas ali à mesa de jantar, com a bela Perséfone e o jovem Héracles e o próprio sr. Sweet, estava o assado de Mamãe, como se eles estivessem em algum evento no qual Jonathan Winters faria uma participação e diria coisas engraçadas, memoráveis e ali entre os presentes haveria outras pessoas assim também, mas esse era o jantar da sra. Sweet e os outros jantares eram sua filha e seu filho e seu marido, e seu marido não a amava mais, seu marido a odiava, e isso não era incomum na estrutura frágil, composta de ossos e músculos e sangue e de uma alma também, conhecida como marido, e isso não era incomum na estrutura frágil composta de uma mulher, um homem, duas ou mais crianças, conhecida como Vida em Família.

Oh Agora, oh agora, disse a sra. Sweet para si mesma, pois ela estava então mirando um abismo, mas isso seria literatura; pois agora ela estava mirando as profundezas rasas, uma depressão estrutural, mas isso seria geologia; e no fundo dessa metáfora ou mera interpretação verdadeira jazia a vida dela, seus restos, seus fatos, sua substância, sua soma, sua finalidade, seu adeus por ora e quem sabe até a próxima, seu começo e seu fim, e a sra. Sweet chorou, pois amara tanto a sua vida; e isso foi uma surpresa, que ela tenha amado tanto sua vida: a vida com o sr. Sweet e seu mau hálito depois de uma boa noite de sono, sua baixa estatura, o cabelo em sua cabeça com um belo formato de pera desaparecendo de forma calculada, como se colhido por um propósito desconhecido pela imaginação humana; sua mãe morta deitada em um caixão e sendo velada por todas as pessoas que ela fez se sentirem pequenas e todas aquelas pessoas estavam tão felizes por terem sobrevivido a ela e a sra. Sweet estava entre elas. E vendo então: os retratos dos dois, do sr. e da sra. Sweet, no dia seguinte de seu casamento, que foram tirados por Francesca, e no dia que eles receberam o cheque cancelado que tinham dado a Francesca pelas despesas incorridas pelo filme e outras coisas, uma soma de catorze dólares, nesse mesmo dia Francesca pulou de um prédio, e a sra. Sweet se forçou a esquecer que esse prédio era localizado numa rua na estreita massa de terra da parte mais baixa de Manhattan; o medo que o sr. Sweet tinha de cultivar árvores, com seus ciclos de germinação e folhagem, se tornando elas mesmas por uma estação e então diminuindo em tamanho e chegando mesmo a fazer uma pausa temporária, quando crescem dormentes e em repouso e então voltam a germinar, e a sra. Sweet achava esse processo uma alegria, sua inevitabilidade um mistério, inesperado, inimaginável até, e então ela encomendava mais plantas, mas o sr. Sweet disse a ela não uma vez mas uma e outra vez, eu só gosto de árvores mortas, e a sra. Sweet não percebia que o sr. Sweet estava dizendo que ele não a amava, que ele não a amava, que ele não a amava, ela só pensava que ele amava as árvores quando estavam mortas, pois é assim quando você ama alguém você faz esse alguém dizer coisas que agradam você, coisas que vão fazer você amar ainda mais esse alguém, e você nunca ouve o que esse alguém diz logo então e agora, agora mesmo e então; mas lá estava Helen e suas pinturas noturnas com a lua crescente e uma mulher solitária observando um céu vagamente iluminado, e então Helen e a sra. Sweet saíram para uma corrida na ainda elevada West Side Highway e elas correram e correram e então enquanto isso podiam ver homens fazendo sexo uns com os outros e elas nunca tinham entendido como homens faziam sexo uns com os outros até então, até então, e Helen disse, uau! mas ela dizia uau! para tudo, assim a sra. Sweet disse consigo, Então e mesmo Agora!, era assim que Helen falava; sim, essa era a Helen e é a Helen agora e também então.

Ouvindo isso agora mesmo, o sr. Sweet dizia, eu te amo mas eu não te amo da forma como amo alguém tão superior até a mim mesmo, alguém com quem eu nem sequer deveria ter permissão de falar ela é tão maravilhosa e alheia a qualquer reino que eu já conheci, e a sra. Sweet ouviu todas essas palavras mas não pôde compreendê-las de fato e só pôde ver o sr. Sweet como ele seria um dia coberto de pequenos vermes rastejando e rastejando embora apenas de sua cabeça até os dedos do pé e não mais longe que isso e então seu corpo todo era feito uma renda, belo e inútil, esperando para ser transformado em alguma coisa, o corpete de um vestido ou a barra superior de uma cortina, algo visto de passagem e definitivamente irritante: ouça, o sr. Sweet dizia, e agora a sra. Sweet se transformou não em pedra mas num monte de lama, e pesar passaria a ser o seu nome do meio se ela tivesse um mas ela não tinha então nem agora, e ela afundou em sua paisagem ancestral que seria a memória e a memória seria sua mãe e essa paisagem tinha um horizonte e ela ansiou e ansiou por ver o fim dela, por ver o horizonte e estar nele e ver aquilo que continha ou o nada em seu íntimo: minha mãe era muito bonita e eu tinha tanta vergonha disso, eu tinha tanta vergonha da beleza da minha mãe.

"Uma vez eu tive vergonha do dia em que eu nasci, que foi no dia 25 de maio, não no dia 24, e nesse dia, no dia 24, havia um festival no terreno da igreja moraviana, que era chamado de Feira de Maio, e meninas, meninas bonitas cujas feições mesmo então não causavam nenhuma impressão permanente, pois elas eram sujeitos e seu próprio ser, sua existência, dependia desse evento, do dia 24 de maio; e o festival tinha um evento principal, que era o mastro enfeitado e a dança que aquelas meninas de beleza instável faziam ao seu redor e isso era de uma tal honra na época, então e agora, conforme o caso, e elas dançavam segurando fitas vermelhas ou brancas ou azuis, amarradas ao mastro, e elas iam na direção do mastro e se afastavam do mastro e iam na direção uma da outra e se afastavam uma da outra e desenhavam um padrão em volta do mastro que ficava coberto de fitas azuis, brancas e vermelhas; e então quando eu não sabia que podia amar as roupas que eu vestia, quando eu não sabia que a forma como eu me mostrava para as outras pessoas era algo a se pensar, nessa época então, quando minha mãe tinha um amigo que era estivador e morava na Points e minha mãe e eu morávamos na Dickenson Bay Street em uma casa de dois cômodos, só nós duas, e a gente costumava ir visitar o amigo dela, o estivador; ele era um homem baixo e troncudo e largo, como uma figura que eu poderia encontrar num livro ilustrado infantil: um estivador, e ele morava numa casa de onde eu podia ver a locomotiva cheia do insumo extraído da cana-de-açúcar recém--colhida saindo da fábrica direto para os navios à espera para levá-lo até a Inglaterra, que ficava longe, muito, muito além do horizonte; e então minha mãe e o estivador eram engolidos pela casa dele, a casa na qual o estivador morava, uma escuridão, e nunca me deixavam entrar lá dentro; e quando minha mãe e o estivador desapareciam dentro dessa casa e me deixavam sozinha, eu brincava com a minha sombra, eu imaginava que minha sombra era uma menina, e nós brincávamos juntas e líamos uma para a outra livros que havíamos escrito, e às vezes éramos duas meninas na Inglaterra, e estávamos em um jardim com flores mas apenas flores e isso era suficiente, pois flores são a mobília de um jardim seja lá onde for esse jardim, e no jardim do estivador só havia portulacas, embora então tenham me dito, e eu não posso dizer agora como, que essa flor era uma rosa que se espalhava por aí. Então no quintal do estivador, onde eu era deixada sozinha enquanto minha mãe desaparecia com ele em sua casa que era tão escura que minha mãe nunca me deixava entrar, eu dançava ao redor dos lugares onde as portulacas, ou como eu as chamo agora, cresciam e esses lugares eram distantes um do outro e vendo a locomotiva que passava e vendo a escola de Points onde um dia eu estudaria e vendo a silhueta das ilhas Rat ao longe, eu me conservei, meu verdadeiro eu, embora eu não a conhecesse então, juntas e todas em uma peça só e assim quando minha mãe emergia da casa do estivador e pegava minha mão nós voltávamos andando para casa na qual morávamos e ela levava um saco de açúcar mascavo, o tipo de açúcar mascavo feito da cristalização do melaço, o tipo de açúcar usado todos os dias, pois aos domingos usávamos açúcar branco, mas de qualquer forma minha mãe nunca me deixava comer qualquer coisa com açúcar de qualquer tipo, a não ser em ocasiões especiais. Mas o que era uma ocasião especial?

"Oh, e ela era tão bonita, e eu tinha tanta vergonha de ser vista com ela; minha mãe tinha cabelos muito longos que enrolava e prendia como se fossem uma espécie de tesouro e então eu vim a saber que as mulheres de Guadalupe e da Martinica penteavam seus cabelos dessa forma e ela também falava patoá e usava roupas que outras mulheres não usavam, saias justas com uma fenda atrás que começava na bainha e corria por um terço da saia; e os homens olhavam para ela e então paravam e falavam com ela e ela nunca olhava para eles mas então parava e falava com eles e seguia adiante e todo mundo sabia, ela era minha mãe e eu sabia que ela era minha mãe e eu a amava e tudo o mais: o estivador, os cabelos dela, suas roupas, o cheiro dela quando eu lavava suas costas na banheira galvanizada cheia de água que ela tinha perfumado com ervas, seus lábios vermelhos, sua crueldade comigo, a forma como ela me dispensava quando algo novo acontecia, algo que eu não sabia que podia existir: um dia ela se apaixonou por um homem e eles tiveram três crianças, três meninos afinal, mas antes de o primeiro nascer, eu compreendi, não, não compreendi, pois mesmo agora eu não compreendo o que Então era Agora, mesmo agora eu vejo então como algo translúcido, como se tudo acontecesse em uma vidraça e deslizasse para lá e logo quando está prestes a desaparecer no nada a vidraça pende para cá, e eu torno a ver Agora e Então como tudo se mostra logo antes de seguir para outro Então e Agora, outro Então e Agora e eu vejo tudo isso num piscar de olhos."

"As coisas mudam", o sr. Sweet dizia para a sra. Sweet, "As coisas mudam!". Mas essa era a versão grosseira, pois ele se encontrava num estado de fúria, sua voz era como uma lâmina de barbear Wilkinson recém-saída da fábrica daquele ferreiro, seus braços apontavam para ela mas paravam pouco antes de fazer contato com a inconsolável massa de carne que arfava de tristeza e então se refazia do esforço. "As coisas mudam, querida, as coisas mudam." E o sr. Sweet mexia os quadris e balançava vigorosamente a cabeça, dançando uma música ouvida apenas por ele, ou assim a sra. Sweet disse a si mesma ao vê--lo então, e então ele começou a cantarolar em voz alta trechos de *A sagração da primavera, O mar, O gato, A teia da aranha, O rato, O cachorro, O leito da criança*, e depois de terminar com isso ele disse para sua esposa, agora desprovida de sua antiga dignidade, a sra. Sweet, e ela estava usando um adorável vestido marrom feito por Lilith, Eu nunca te amei, você sabe, eu nunca te amei, não que você não fosse amável, embora você não seja, de verdade, ninguém seria capaz de amar você, nem mesmo eu que não sabia nada sobre o amor então mas agora eu sei e vejo que eu nunca te amei, pois você é como passar por um arame farpado no escuro, você é um convite para um chá num formigueiro, você é como, você é como, agora mesmo não consigo pensar com o que você se parece, assim disse o sr. Sweet para a sra. Sweet, e justo então, logo então, ela se encontrava tão arrasada pela dor e ela chorou e suas lágrimas regaram a *Primula capitata*, que ela havia plantado embaixo do enorme pinheiro-branco e assim suas lágrimas foram quase bem-vindas para aquela planta delicada, nativa das regiões úmidas dos Himalaias. E ela chorou e chorou e o sr. Sweet falava com a sra. Sweet enquanto ela estava reclinada sobre as prímulas secas, elas mesmas definhando e prostradas no solo, sofrendo com as condições adversas sob as quais estavam sendo forçosamente cultivadas, metidas entre as raízes de uma sempre-viva nativa do Canadá embora tenham vindo da região himalaia do mundo; e a sra. Sweet chorou e chorou e chorou um pouco mais, pois o sr. Sweet disse então para ela, você só está chorando porque sabe que as crianças e eu nunca vamos perdoar ou esquecer as coisas terríveis que você disse e fez, e isso a fez morrer uma morte na qual ela ainda se encontrava viva, nem um pouco morta, mas ainda viva, e ainda assim morta, pois o sr. Sweet expôs a forma como ela vinha vivendo sua vida, o momento quando a bela Perséfone tinha que ser colocada para dormir no fim da tarde mas ela resistia como sempre, pois queria estar com os seus pais, eles faziam coisas misteriosas para ela, e ela adiaria aquele momento quando seria colocada no berço, pois ela ainda não havia crescido demais para o berço, e o cobertor grosso de algodão seria levantado e cuidadosamente ajeitado embaixo de seu queixo, pois os braços dela estavam dobrados junto ao corpo como uma ave que preparamos como um prato delicioso para servir no jantar. A sra. Sweet morreu e morreu e assim ela viveu por um bom tempo, morrendo uma e outra vez, sem nunca descansar, em um estado de não então, não porvir, não passado, apenas agora, só morrer e morrer e morrer, e a sra. Sweet morreu, ela morreu mesmo e nunca mais usou os culotes jeans que ganhara de presente de sua amiga Rebecca que tinha visto aquelas calças sendo usadas por servidores municipais no Japão quando esteve de visita ao país.

Cada dia tem vinte e quatro horas, cada semana tem sete dias, cada ano tem cinquenta e duas semanas, e assim é, e a idade da terra equivale a mais de quatro bilhões de anos, desses anos e semanas e dias e horas, então, agora e então mais uma vez, forçosamente encerrados nisso, e assim foi e é e assim será, disse a sra. Sweet para si mesma uma e outra vez, como se fosse uma música carregada pelo vento que ela tinha ouvido e guardara no coração, uma música que ela ouviu enquanto fazia uma caminhada de quarenta e cinco quilômetros pelas margens do rio Battenkill, e ela ficou parada então, vendo em sua imaginação o curso sinuoso que o rio tomava para por fim desaguar no Hudson River a alguma distância daquele lugar onde as marés influenciam o rio.

Tudo o que está por vir mudará a forma como o agora mesmo é visto; o agora mesmo é tão certo, o agora mesmo é para sempre; o que está por vir vai criar, distorcer e até apagar o agora mesmo; o agora mesmo vai ser substituído por outro agora mesmo: e agora mesmo é tudo o que existe e tudo o que foi e assim por diante e nenhum refluxo dos fluidos de um estômago individual, uma metáfora universal para a instabilidade da empresa humana como um todo conforme experimentada por uma pessoa preparando o café da manhã para a ninhada de mamíferos domesticados diante dela ou dele, e o menino ou a menina com um Game Boy ou Super Mario nas mãos, conforme o caso, não importa como é ouvida, não importa como é sentida, e é de um tal desapontamento, agora mesmo, pois o agora mesmo é sempre incompleto, ou assim sentimos, e isso é uma bênção, pois o agora mesmo transforma o então naquilo que virá, tudo o que virá, ainda que tudo o que virá deva conter o agora mesmo e o incomensurável anseio pelo então, o tempo por vir depois que a terra foi pré-cambriana, hadeana, proterozoica, paleozoica, cambriana, ordoviciana, siluriana, devoniana, cretácea, e inferior isso e inferior aquilo e então superior aquilo também, e então cenozoica e fissurada e vulcânica, aquele tempo que virá depois que a terra for ela mesma, o tempo que virá era o tempo que tinha sido antes, pois além das fronteiras terrestres havia tudo aquilo que fez a terra, tudo aquilo que ela foi e é, e o futuro era o passado e o passado, que é então, é sempre então, poderia ser encontrado na tabela periódica e a sra. Sweet olhou para cima e viu que preso nas portas da despensa havia um mapa ilustrando os princípios dessa mesma coisa, a tabela periódica, a bela Perséfone demonstrou um interesse em química e sua mãe comprou uma tabela periódica para ela e colocou ali e então a sra. Sweet olhou pela janela, através das vidraças que a separavam e protegiam de tudo aquilo que se encontrava do lado de fora da casa de Shirley Jackson, a casa na qual ela morava com seus filhos e seu marido e ela podia ver uma paisagem tão diferente daquela na qual havia sido formada: aquele paraíso de sol persistente e clima agradável, um paraíso tão completo que imediatamente se traduzia em inferno; lá fora agora era primavera, nas margens do rio Paran e além, até os flancos das cordilheiras Taconic e Green Mountain, havia grandes árvores, algumas delas sempre-vivas, algumas delas decíduas e logo então em botão.

ESTA OBRA FOI COMPOSTA PELA ABREU'S SYSTEM EM ADOBE GARAMOND
E IMPRESSA EM OFSETE PELA GRÁFICA BARTIRA SOBRE PAPEL PÓLEN BOLD
DA SUZANO S.A. PARA A EDITORA SCHWARCZ EM OUTUBRO DE 2021

A marca FSC® é a garantia de que a madeira utilizada na fabricação do papel deste livro provém de florestas que foram gerenciadas de maneira ambientalmente correta, socialmente justa e economicamente viável, além de outras fontes de origem controlada.